恋愛ランキング

慶野由志

角川スニーカー文庫

24477

プロローグ　恋咲きの天使

Prolog

「……………この世は地獄だ」

高校二年生の春。

俺──久我錬士は心の内をそのまま口にしながら、ひと気のない放課後の廊下を歩いていた。

帰宅部である俺が何故こんな時間まで学校に残っているかと言うと──つい先程まで職員室で担任の先生からお小言をもらっていたからだ。

『あのね久我君？　先生は決してあなたのことをできない生徒だとは思わないわ。むしろかなり真面目な方で、成績も平均以上なんだから』

自覚しているが、俺はおおむね先生の言う通りの生徒だ。

そこそこ真面目で、スポーツは今イチだが成績は平均よりはやや上。

目鼻立ちもまあ普通な方で、ごく平凡な男子と言えるだろう。

そして、特に波風を好むような性格でもない。

そんな俺が職員室への呼び出しまで受けてしまったのは、俺が男子の本分に今イチ努力なかった。

『このままじゃ君、これから先すっごく生き辛くなっちゃうわよ？　昔と違って今の時代は恋愛や結婚を経験してようやく一人前って見なされるんだから』

「ああ、くそ！　そんなことわかってるっての……！」

先生の苦言を思い出して、俺は昂ぶった感情を無人の廊下に響かせてしまう。

ああ、そうだ。俺だって現状はわかっている。

今、俺が生きるこの時代が一体どういうものなのか。

「大恋活時代……か」

今の世の中を表す名を、疲れた声で呟く。

十年前の政策から生まれた、恋愛を中心に回る冗談のような時代の名を。

（ちくしょう……！　俺だって恋愛に興味がない訳じゃないっての！　でもだからって、どうにもならないからこの現状なんだろ⁉）

心配そうな顔で諭してきた先生は、何も俺を馬鹿にしたかった訳じゃない。

残酷な事実を踏まえて、この出来の悪い生徒を純粋に案じてくれているのはわかる。

だからこそ、余計に暗澹たる気持ちになる。

俺はそれなりに真面目に高校生をやっているつもりだが、『そっち方面』では落ちこぼれである事実を再認識してしまうのだ。

（そりゃ、俺だって叶(かな)うのなら恋人が欲しいさ。漫画とか小説みたいな恋に憧(あこが)れていないって言ったら嘘になる）

俺だって中学時代には、甘い恋にひたる自分を夢見ていた。

けどそれから現在に至るまでに、恋愛においていかに自分が味噌(みそ)っカスな存在かを思い知ってしまったのだ。

（本当に俺のアレがなぁ……恋愛するには致命的すぎる弱点だ）

自嘲(じちょう)を込めて、俺は力のない笑いを浮かべた。

先生に説教されたばっかりだってのに、ネガティブな要素ばかりが頭に浮かんできてちっとも前向きになれない。

「はぁ……。本当に、何でこんな時代に生まれちゃったかな俺は……」

昔――俺が生まれる少し前までは、世の中はこうではなかったらしい。

学生はある程度清廉であるべきという風潮があり、恋愛を禁止する訳ではないが大っぴらに推奨されるものではなかったという。

母さんや父さんが高校生だった時の話を聞くと、彼氏や彼女を作っていたのはあくまで一部の恋愛力の高い生徒であり、恋愛経験のない生徒なんて全然珍しくなかったという。

けどそれも、俺にとっては知らない時代の話だ。

令和という年号にも慣れてきた今この時は——恋人が作れない奴に対して全く寛容じゃないのだ。

「って、うわっ⁉」

「きゃっ⁉」

不意に甘くていい匂いがしたかと思うと、肩に走った衝撃に女子の声が重なった。

一瞬の混乱の後で、廊下の角で誰かにぶつかってしまったのだと理解する。

「ご、ごめん！　ぼーっとして、た……」

反射的に口にした謝罪の言葉は、途中で途切れた。

目の前で肩をさすっている女子生徒の存在感に、俺の脳が飽和してしまったからだ。

その女子は、あまりに綺麗だった。

極上のシルクと見紛うような艶やかで長い髪。

無垢な白雪のようにきめの細かい肌。

宝石の煌めきのように輝く瞳。

それら全てが黄金比で整えられており、およそ自然に生まれついたとは思えないほどの完璧な美貌を誇っていた。

その存在感は全身が輝いているようであり、魔法のように目が吸い寄せられて離れない。

（星ノ瀬、愛理……）

男子生徒はおろか全校生徒において知らぬ者はいないその名前を、俺は胸中で呆然と呟いた。

恋愛ランキングに登録されている校内全女子四一五人中、入学以来ずっと一位を保持している女王であり、『恋咲きの天使』などとも呼ばれている。

彼女を一目見た瞬間から誰もが恋心を抱いてしまうことから冠されたあだ名だが、この美貌ではそれも決して大げさとは感じない。

「あ、ううん。私こそごめんね？　誰もいないと思って全然注意してなかったもん。久我君こそ大丈夫？」

星ノ瀬さんとこんなに近い距離で接したのは初めてだが、彼女は不快感を示すどころか温かい微笑みを見せてくれた。

優れた容姿を持つ者にありがちな、横柄な態度は欠片もない。むしろ、見る者を晴れ晴れとさせるような朗らかな空気を醸し出している。

それに――

（俺の、名前を……）

校内無二の麗しさを持つ少女から俺の名前が出てきたことに、少なからず驚く。

星ノ瀬さんと俺は同じクラスではあるのだが、彼女はまさにこの学校で一番の発言力を持っていると言っても過言ではないアイドルであり、対して俺はクラスの隅っこに生息している目立たない男子に過ぎないのに。

「あれ？　でも久我君って確か帰宅部だったような？　こんな時間までどうしたの？　あ、

ちなみに私は学級委員としての雑用が終わったとこなの」

「あ、えと……」

不思議そうに俺を見る星ノ瀬さんを前に、俺は情けないことに言葉に詰まっていた。

声帯だけじゃなくて全身が強ばってしまい、呻くばかりで何もできない。

（く、くそ！　俺って奴はどうしてこう……！　もう高校生だってのに！）

このとてつもない緊張は、俺の持病だった。

中学時代から俺の自信を奪い続けている、悲しい呪いだ。

女の子と話す時に緊張してしまうのは、俺以外の男子にもよくあることだろう。

だが俺の場合、その硬直度合が極めて大きいのだ。

言葉が出ない。

思考がまとまらない。

冷や汗が増えてどんどん流れ落ちていく。

まるで蛇に睨まれたカエルのように、滑稽なほどに全身カチコチになってしまう。

女子緊張症——俺はこの情けない持病を、そう呼んでいる。

「ん？　どうしたの？　なんだかスマホのバイブ機能みたいにブルブルしてるけど……」

「あ、い、いや、その……」

この女子緊張症は医者曰く別に身体や心に問題がある訳ではなく、ただ単に俺が同年代の女の子を人の何倍も意識してしまう気質であることが原因らしい。

つまるところ、単に女の子への照れが凄まじい規模で発生しているに過ぎない。

（だからこそ、可愛い女子との接近は辛いんだよ……！）

ただでさえ女子に対してカチコチになる気質なのに、目の前にいるのは女子慣れした男子であろうと頭が真っ白にならざるを得ない至高の美少女だ。

俺の精神メモリは一瞬で焼き切れており、もはや機能不全に陥っている。

「あー、なるほど。久我君はちょっと女の子が苦手な感じなのね！　うんうん、まあ別に程度の差はあっても珍しいことじゃないわ！」

「え……」

星ノ瀬さんが満面の笑みで口にしたその言葉は、持病の緊張を一瞬だけでも吹き飛ばしてしまうほどの衝撃を俺にもたらした。

多くの女子は俺のこの過度な緊張に、『ふざけてんの？』と不快感を見せる。

そしてそれは、仕方のないことだろう。

俺のこのザマは、一見してふざけているようにしか見えない。

だが、星ノ瀬さんは俺の内なる緊張を理解できるらしく、こちらの気質を正確に見抜いてきた。

それは、俺にとって初めてのことだった。

「あはは、そんなに怖がらなくても大丈夫だって！　ほら、怖くなーい、怖くなーい」

「ひゅわっ⁉」

星ノ瀬さんが軽い声とともにとった行動に、俺はつい素っ頓狂な声を出してしまった。

あろうことか、星ノ瀬さんは手を伸ばして俺の頭をヨシヨシと撫でたのだ。

自分の髪に触れる、とてもスベスベした星ノ瀬さんの手の感触と、ほのかな体温。

それを認識してしまったが最後、俺の脳は一瞬で沸点に達した。

「それじゃあ、またね久我君！　君のそのピュアさは嫌いじゃないけど、今後はもうちょっと女の子に慣れた方がいいかもねー！」

言って、笑顔のまま腕をぶんぶんと振りつつ、星ノ瀬さんは去っていった。

そして、一歩も動いていないのに大量の汗をかいている俺だけがその場に残る。

「はぁ……はぁ……」

呼吸を整えつつ汗を袖で拭うが、胸の鼓動はすぐには落ち着かない。

朗らかに微笑む少女の顔が、未だに瞼の裏に焼き付いているからだ。

(星ノ瀬さんと……初めてこんな間近で接したな……)

クラスメイトである彼女のことはずっと前から知っていた。というか、彼女を知らない奴なんてこの学校内にはいないんじゃないだろうか。

だから、彼女が誰にでも分け隔てなく優しく接する場面も、俺は何度となく見てきた。

(けど、こんな誰も見ていない状況でも……あんなに優しく……)

他人という評価の目がない状況でも、星ノ瀬さんは優しかった。

女子に緊張してロクに話せなくなるこんな面倒な男子に対して、終始笑顔を向けてくれ

ていた。

誰もが心を融かされるような美貌を持ちつつも他人を見下さず、他人を気遣う心を失わない。それは本当に……掛け値なしに素敵なことなんじゃないだろうか。

「なるほど……モテるはずだよ」

皆が憧れるナンバーワンの女子は、本当に評判に違わぬ素敵な女の子だった。

その事実に俺は口の端を緩め、少し心が温かくなるのを感じていた。

一章　大恋活時代

Chapter

「いくらなんでも地獄すぎだろ世の中……！　神も仏もねぇのか!?」

昼休みの教室で、俺の後ろの席に座る友人——里原俊郎（さとはらとしろう）は怒りの咆哮（ほうこう）を上げた。

高一からずっと一緒にいるこいつは、背丈や容姿のランクは俺と同程度であるがノリは軽くてやたらとうるさい。

「やかましいぞ俊郎。メシの時間に叫びすぎだろ」

弁当箱から梅干しを口に含みつつ、俺は目の前で叫ぶ俊郎に文句を言う。

まあ、こいつがうるさいのはいつものことだが。

「これが荒れずにいられるかよ錬士（れんじ）！　なんでこの世はこうも悲劇に満ち溢れ（みちあふれ）てるんだ!?　持っている奴はどんどん富豪になって、持ってない奴はいつまでたっても大貧民から抜け出せねぇ……！　こんなんでいいのか世の中!?」

「なんか革命家みたいなことを言い出した……」

まあ、こいつがこんなにも荒れている原因については察しがつくのだが。

「もしかして……また『交際申請』ダメだったのか？」

「その通りだよ！　ほれ見ろ！」

　友人の嘆きを痛ましげに眺める俺に、俊郎はスマホを突きつけてきた。

　その画面内にはとあるアプリが開かれており――ウチの学校の女子の顔写真とプロフィールが並んでいた。

　それはいわゆるマッチングアプリというものだった。

　登録者同士がお互いのプロフィールを見て、気に入った異性にマッチング申請を行うという仕組みの恋愛アプリ。

　今やすっかり世界中でポピュラーになったものだが、日本ではほぼ全てのアプリが未成年の使用を禁止している。

　では、俊郎のスマホに入っているこれは何か？　年齢を偽ってこっそりダウンロードしたアプリという訳ではない。

　これこそが、現代の象徴とも言うべき学校専用のマッチングアプリ――

『コイカツアプリ』と国が名付けたものだった。

「って、こんな高ランクの女子に申し込んだのかよ!?　俺らじゃ厳しすぎるって！」

　アプリに表示されているのは、かなり可愛くて人気の高い女子生徒だった。

　こんな子なら多くの交際申請が来るだろうし、『その他大勢』は弾かれて当然だ。

「どんなランクの女子を狙っても結果は等しく爆死なんだよ！　どの子も即断即決でお断りだ！　なら、いっそ高嶺（たかね）の花（はな）を狙ったっていいだろ！」

半泣きでわめく俊郎の無謀な挑戦に呆れつつも、俺は密かに目の前の友人に敬意を覚えていた。

上位グループの女子にアプローチできるその気概は、ごく純粋に凄い。

恋愛において最も重要とされる積極性を、目の前の友人はしっかりと備えている。

（少なくとも、結局何もできていない俺よりもよっぽど――）

「ああああ！　もう限界だよチクショウ！　何が大恋活時代だよ！　結局、恋愛弱者はどの時代でも泣いてるだけってオチじゃねーか！　『恋とか結婚とかのテンプレのためじゃなくて、自分自身のために生きる』とか言ってたらしい多様性時代よカムバーック！」

「まあ、今の風潮の成り立ちは、授業で耳にタコができるほど聞かされたけどな……」

俊郎の叫びをやかましいと思いながらもその嘆きには共感しつつ、俺はさんざん習ったこの大恋活時代に至る経緯を思い出す。

俺がまだ小さな頃……深刻化する少子化に歯止めをかけるべく、政府は異次元の少子化対策と銘打って一つの法案を打ち出した。

『男女交際推進法』――その内容は大人の恋愛サポートに留まらず、未成年である十代男女の恋愛支援を行うことを主眼としていた。

つまり、国のサポートの下に中学生や高校生を恋愛に励ませようというのだ。

（ウチの親が言ってたな。その内容があんまりにも異次元すぎて、当時は大勢の人がフェイクニュースかと思ったたって）

だが、それは決して伊達や酔狂ではなかったのだ。

『入念な調査の結果、近年の若者は結婚や出産以前に、恋愛というものに触れる機会が著しく減少していることがわかりました。男女経験はおろか、交際経験がないまま青年期を終える若者はあまりにも多数です』

このとんでもない法案の概要説明を行った厚生労働省の大臣は、本気の危機感を滲ませた様子で、重苦しくそう切り出した。

その様子は、俺も授業の動画で見たことがある。

『そういった恋愛に接さずに大人になった者は、その後の人生も同様に恋愛や結婚と無縁となるケースが極めて多い。少年期から青年期にかけて一度も恋愛に触れてこなかったがために、そのやり方もわからず、自信もなく、怖がり、面倒に思い、自分には縁のないものと諦めてしまうのです』

法案発表時のネットの反応まとめなども見たことがあるが、今まで無視されていた者らの存在が公に認められたことに当時はかなりの衝撃があったようだ。

『俺らみたいな存在のこと認知してくれたのかよ……』

『エリート揃いの官僚にしちゃえらく的確な分析だな』

『調査チームに俺らがいる疑惑』

『恋愛とかやったことないからなんか面倒で怖いのはマジ』

『そもそも恋愛って人生の重要課題なのに、指導とかサポートとか一切なしで独力でなんとかしろ！　なんでできない⁉　って言われまくってきたよな』

『それな。全ての人類は普通にやってりゃ普通に恋愛できるはずっていう恋愛貴族どものの理屈が根底にある。できない奴用にサポートが要るってのは賛成だわ』

そんな感じで当事者である十代には困惑はあれど概ね好意的に受け取られ、マスコミや学校関係者、各分野のコメンテーターなどは『人権侵害だ！』『子どもをなんだと思っている⁉』と大反対した。

（まあ、結局その法案は政府がもの凄い熱量で可決させたらしいけど……）

最初は、あくまでお題目を掲げた形だけの政策と見る人も多かったらしい。

未成年への恋愛支援とは当時そう思われても仕方ないくらいに滑稽な話で、本気で捉えた人はほぼいなかったという。

だが、国はヤバいほどに本気だった。

『このままではいずれ国というもの自体が消滅します。その未来を回避するためなら必要なことは全て行う覚悟です』

その大臣の言葉に嘘はなく、その政策はあらゆる壁を越えて着々と進んだ。

法の成立からすぐ、未成年への恋愛推奨政策の要として政府は学生向けマッチングアプリ――『コイカツアプリ』を開発して配布した。

これは一つの学校内で生徒のみが使えるアプリで、在校生は全員登録されている。使い方は普通のそれと同じで、気に入った相手に交際申請を送って、相手が承諾すればそれでカップル成立だ。

（昔の漫画とか読むと、告白とかってどこかに呼び出したりする一大イベントだけど……今はタップだけなんだからもの凄く簡単になったよなぁ）

システムが整備されて手間が少なくなることで、恋愛は『限られた人だけの特別なこと』から『誰もがやってるごく普通のこと』に近づいている。

まさしく、それこそが国の偉い人たちの思惑なんだろう。

そして、世界でも例を見ないこの政策が実施されて十年が経つ。

その結果がどうなったかというと――

驚くべきことに、大成功としか言いようがない成果を挙げているのだ。

この政策が施行されて以降、若者の結婚率・出産率は大幅に上昇した。

恋愛なんて知らないから怖い、自分には縁のないもの、こんな自分に恋愛なんてできるはずない――そんな心理的障壁をある程度破壊することに成功したのだ。

だがそういう光の面があれば、闇の面もまたある。

「ねーねー聞いてよ！　昨日、部活の先輩から交際申請があったんだけどさー！　アプリで調べたらその人、Ｆランクだったの！」

まるで俺の思考に応えたかのように、教室の一角で中位ランクの女子が友達に愚痴を言っているのが聞こえてきた。

Ｆランク――そのワードを敏感に耳で拾ってしまった俺と俊郎は、揃って苦虫を嚙み潰したような顔になる。

「えー、マジ？　流石にありえなくない？」

「でしょ⁉　私は一応Cランクなんだし勘弁して欲しいよ！　別に悪い人じゃないんだけど、せめてDくらいになってから出直してって感じ！」

「「…………………」」

その地獄のような会話を聞いてしまった俺たちは、通夜のような雰囲気で沈黙する。

何が辛いかって、今の女子たちのような会話は特に珍しいことではないということだ。

今更ではあるが、俺たちがこの大恋活時代における底辺なのだと強く意識してしまう。

「……コイカツアプリもだけど、恋愛ランキングこそ死ねって思う」

「多分、全国の俺らが思ってるぜ。もうこれ令和のカースト制度だろ」

恋愛ランキングとは、コイカツアプリに登録された生徒たちの人気順位のことだ。

この順位は、主に生徒から生徒に与える『いいねポイント』で決定される。

生徒は月に一定数チャージされるそのポイントを、自分が『いいな』と感じた異性に与える。なお、ポイントは期限内までに必ず使い切らないといけない。

元から好きだった異性に与えたり、委員会や部活でちょっと話していい奴だと思った時に与えたり……付与の仕方は人によって様々だが、やはり美人やイケメンは何もしてなくてもポイントが集まる。

そして、そのポイントによって『男子／女子に人気のある生徒』の順位及びS～Fのランクが決まり、アプリ内ではランクが上であるほど目に留まりやすくなる仕様になっている。

そんでもって、俺はどうなのかと言うと――

【二年四組　久我錬士】
【恋愛ランキング　三七一位（男子：四一四人中）　Fランク】

コイカツアプリで自分のプロフィールを確認するが、そこに表示されているのは自分が恋愛の最下層に属しているという悲しい事実だった。

「…………」

どれだけスマホを眺めても、表示された俺の恋愛的評価は変わらない。

恋愛ランキング向上に最も必要な『いいねポイント』が女子からの好意によって得るものである以上、女子緊張症でまともに異性と話ができない俺の順位が上がる訳もなく……中学からずっと最低ランクをキープしてしまっているのだ。

それでも最下位ではないのは、成績や普段の素行などの内申点的なものが順位に影響しているかららしい。いいねポイントがゼロの奴は俺の他にもいるが、順位に差が出るのはそれが理由だ。

ちなみに、俊郎も同じくらいの順位である。

「国が恋愛を推奨しまくった弊害で、恋愛できない奴が下に見られる世の中になったのはホントに地獄だな……」

「マジそれだ……！　モテないってだけで人生の落ちこぼれ扱いなんですけどぉ！　就職の面接でも恋愛経験聞かれるらしいの酷すぎないか⁉」

この時代に乗り切れない俺たちは、今日もまた恨みごとを吐き出す。

こんなことをしても何か変わるという訳じゃないが、愚痴はどうしても出てきてしまうのだ。

「ああああああ！　もういい！　俺はもう恋活なんてしない！　こんなメンタルブレイクな行いに手を染めるくらいなら、山にこもって仙人にでもなったらぁ！」

疲れ果てたようにそう言い、俊郎は机の上に突っ伏した。

ヤケクソ気味な様子だったが、気持ちはよくわかる。

俊郎でなくても、恋活が上手くいかずに疲れ果てるケースは子どもにも大人にも非常に多いらしい。

結局、持たざる者が血反吐を吐くのは今も昔も変わらない。

「はぁ……そんで、錬士はどうすんだ？」

「え……？」

叫んで幾分か冷静になったらしい俊郎は、机に顔を乗せたまま俺に視線を向けてきた。

「お前ってばいつも恋活の話になるとしんどそうだけど、結局どうするんだ？　高二になっても特に動きはないけど、恋活しねーの？」

「いや、それは……お前だって俺がメチャクチャ女子に緊張するアホみたいな持病があるのは知ってるだろ？　恋活なんて……」

「ああ、うん。悪いけどアレはちょっと笑う。で、だから諦めるのか？　俺と一緒に男の友情ルートで青春を終えちゃうか？」

俺は言葉に迷った。

理性的に考えるのなら、その言葉に頷くべきなんだろう。

俺は女子と話すとカチコチになる弱点があり、恋愛競争に参戦しても辛さや痛み以外を得られるとは思えない。

なのに――俺は何も言えない。

何か強い引っかかりが、俺に諦めの言葉を紡がせることを阻んでいる。

「ま、別に無理に答えなくていいさ。ただまあ、なんかこいつモヤモヤしてるなーって思ってよ」

そう言うと、俊郎は「トイレ行ってくる」と言い残して席を立ち、後には微妙な顔になってしまった俺だけが残される。

（モヤモヤか……そんな顔になってたんだな）

ふと周囲を見回すと、教室の中は昼休みの喧噪に包まれていた。

「くっそ、またフラれた！　今月七人目も玉砕だ！」

「誰かれ構わず交際申請送ってるからだろ？　そーいう数撃ちゃ当たる戦法ってメッチャ評判が悪くなるんだぞ」

「隣のクラスのあいつ、自分をフッた女子にリアルで詰め寄って学校から警告食らったらしいな。熱くなりすぎだっての」

「この間のデート凄く楽しかったの！　正直最初はビビッとこなかったけど付き合ってみたら結構いいかなって！」

小学校や中学校に比べれば、クラスの話題は恋愛が圧倒的に多い。

中学生の頃は、みんなまだ恋愛の話をすることに気恥ずかしさを感じていた様子だったが、高校生ともなるとかなり慣れてきた様子だ。

「――ふんふん、なるほど。彼氏が部活漬けで構ってくれないかー。それはちょっと寂しいわね」

「……っ」

そんな喧噪の中で、その女子の声は妙にはっきりと俺の耳に届いた。

ふと顔を向ければ、クラスの中心に彼女はいた。

星ノ瀬愛理。

その名が示す通り、星のように高いところで煌めく少女。

昨日、偶然廊下でぶつかってしまい、少しだけ話をした女の子だ。

耳から上の髪を頭の後ろでまとめた髪型――ハーフアップというらしい――がとても似

合っており、窓から差す光によってまるで本当の天使であるかのように輝いている。

「でも、『部活と私のどっちが大事なの』みたいなのは言わない方がいいかな。男子って、女の子のことも部活みたいなチームでの自分の役割も同じくらい重要なの。食事と睡眠みたいに、優劣はつけられないから」

「そ、そうなの……？」

どうやらクラスの女子の恋愛相談に応じているらしく、星ノ瀬さんは慣れた様子でスラスラと言葉を紡いでいる。

それは、特に珍しくない光景ではあった。

星ノ瀬さんは男子の憧れの的であると同時に、女子からは何でもできるクラスの中心的存在として非常に頼りにされている。

特に恋愛の相談をよく持ちかけられているようだが、ああしていつだって快く対応しているのだ。

（恋愛ランキング一位だもんな……恋愛経験はメチャクチャ豊富だろうしアドバイスなんてお手のものなんだろう）

そう、星ノ瀬愛理はその順位から、校内でも僅かしかいない『Sランク』と認定されている。

けれど、だからと言ってそれを鼻にかけるような態度は一切なく、屈託のない笑顔を男女関係なく振りまいてくれている。

これで成績も優秀で、女子たちをまとめるコミュ力もあるというのだから、その超人ぶりにはただただ感心するしかない。

（……それにしても可愛いな。こうして遠目に見るだけでため息が出そうだ）

二年生から同じクラスになった星ノ瀬さんを、俺は今まで特に注視していなかった。

何故なら、住む世界が違いすぎるからだ。

俺は恋愛ランキングのFランクという底辺で、彼女はSランクという天上の星だ。恋愛力によって立ち位置が数値化された現代では、物乞いと王族の姫くらいの身分差がある。

そんな彼女に目が行くようになってしまったのは、昨日の放課後に廊下で少しだけ話した一件があったからだ。

「それでね。できれば今は彼氏さんを部活に集中できるようにしてあげて？　それで、試合が終わった後は労う感じで優しくしてあげたら嬉しいんじゃないかな。部活で頑張ってる彼が好きなのなら、これがベストだと思うの」

「な、なるほど！　確かにその通りだね！　ホントにありがとう星ノ瀬さん！　やっぱり頼りになるね！」

「いえいえ、お安いご用よ。何かあったらまた相談してね」

相談主である女子からの感謝に、星ノ瀬さんは朗らかに応える。

その笑みはとても柔らかく、愛らしく、見る者を惹き付ける。

うっかり見惚れている自分に気付き、俺は慌てて視線を彼女から逸らした。

（一緒の学年で一緒のクラスにいるけど……星ノ瀬さんに見えている景色は俺とは全然違うんだろうな）

恋愛ランキング一位のSランク。恋愛力が賞賛される現代での最上級恋愛強者。

果たして彼女の目にこの世界はどんなふうに映っているのか――そんな益体もないことを考えながら、今日も俺は何一つ前に進まない日常を過ごす。

何も始まらない、何も進まないもどかしい停滞の時間を。

だが――この時の俺は知らなかった。

そんな昨日と変わりない日々が、間もなく終焉を告げることを。

恋愛ランキングという、個人の恋愛力に優劣をつける残酷な制度。

それに抗うことすら考えていなかった俺が、激しい情動とともにその険しい階段を駆け上がることになるなんて――

この時の俺はまだ、想像すらしていなかったのだ。

二章　お隣さん炎上とポンコツ天使

Chapter

「ただいまっと……」

俺はスーパーのビニール袋を片手に、自宅マンションの玄関ドアを閉める。

家の中にはただ薄闇が広がっているだけで、誰からの返事もない。

まあ、俺一人で暮らしているのだから当然なのだが。

(慣れたよな……。家族と離れての一人暮らしにも)

高校生である俺が一人暮らしをしているのは、別に重い家庭の事情がある訳じゃない。

俺の両親は揃って(そろ)とある大企業に勤めているのだが、特に母さんは年齢を考えれば異例の大出世を果たしたらしく、遠方の支社長に抜擢(ばってき)されたのだ。

そのため母さんと父さん、そして妹はそっちに引っ越すことになったのだが、俺は高校入学が決まった直後だったので、悩んだ末にこの地元に残ることにしたという訳だ。

(本当に立派なマンションだよな。もうちょっと安いアパートでも十分だったと思うけど……まあ、素直に親に感謝だな)

買ってきた食材をごそごそと冷蔵庫にしまいながら、俺は自分がいかに恵まれているかを噛みしめる。

家族と仲がいいのは本当にいいことだと、家族と離れたからこそ思う。

ただでさえ学校では色々あるのに、家のことでまで悩んでいられない。

「今日の『恋愛授業』もまたダメだったなあ……」

午後の授業を思い出して、俺はため息をつく。

恋愛授業とは、男女交際推進法と同時に学校授業に取り入れられた新たな教科だ。

男女交際の促進を目的とした教科で、恋愛のマナー、恋愛のスタンダードな定石、結婚についての諸々などの知識を学ぶとともに、『実習』も行う。

『実習』とはその名の通り異性との接触練習であり、男女でペアを組んで会話したり、共同で何かの作業をする。

そういった触れ合いで異性との接し方などを養うのが目的なのだが、同時に男女交流の役割も担っており、この実習がきっかけで交際に発展することも多い。

それで、今日の恋愛授業はペアを組んだ女子との会話実習だったのだが……。

『アンタさー、アタシのこと馬鹿にしてんの？　せめて目を合わせて喋れないワケ？』

今日の俺のペアだったクラスメイトのギャル女子——小岩井杏奈の言葉が蘇り、俺の胸をグサリと刺す。

小岩井さんの物言いはトゲトゲしかったが、それも当然だ。

なにせ、小岩井さんを目の前にした俺は例の女子緊張症を発症してしまい、ロクに言葉も交わせずに実習時間を過ごしてしまったのだから。

「やっぱり俺に恋愛なんて無理だ……女子と話もできない奴なんて最初のステージにすら立てないだろ……」

　制服から部屋着に着替えながら、俺はため息をさらに深くした。

「…………俺、一生このままなのか？　今はまだいいけど、これから大学生になっても社会人になっても、まるで恋愛できずにずっと一人……？」

　頭をよぎった恐ろしい想像に身震いする。

　まったく笑えないその未来を思い浮かべただけで、重たい鉛を呑んだような気分になってしまう。

「あーやめやめ！　とりあえずメシ作るぞ！　美味いメシは大体の悩みを吹き飛ばしてくれる……！」

　俺はエプロンをつけ、キッチンで料理に取りかかった。

　一口大に切った鶏ももに塩こしょうをまぶし、醬油、ニンニクとショウガはのすりおろし入りの調味料に漬ける。

　待ち時間の間に味噌汁の出汁を取り、サラダを作る。

　レタス、タマネギ、トマトのシンプルなものだが、今日のメインを考えれば最高の副菜だと言えるだろう。

「やっぱ、落ち込んでる時は唐揚げだよな」

包丁を動かす手を休めずに、俺は笑みとともに呟く。

そう、唐揚げは万能かつ神だ。

材料費はさほど高くないし、難易度もさほどじゃない。（まあ油の処理は面倒だが）であるのに、その味は究極の一つと言っていい。

唐揚げと聞いて目を輝かせない男子はいない。

唐揚げを前にして腹が鳴らない男子もいない。

どんなに気分が落ち込んでいても、揚げたての唐揚げを一口食えば少なからず元気が出る。俺の好物ランキングの中でもかなりの上位に位置している。

（ふふふ……鶏ももを大量に買ってきたからな。今夜は唐揚げパーティーをキメよう。思う存分食って学校でのあれこれを忘れ――）

俺が笑みを深めたその瞬間――

突如、耳をつんざく音が鳴り響いた。

（っ⁉　な、なんだ……⁉　非常ベル⁉）

異常を知らせるその音はけたたましく鳴り響いており、俺は目を白黒させながら包丁を置く。もしやウチで何か起こっているのかと思い、部屋を軽く見回るが……別に異常なんてない。

（けど、この非常ベルかなり近いぞ……もしかしてお隣か？）

流石に無視できる状況でもなく、鼓膜を破らんばかりに非常ベルが鳴り響く中で、俺はエプロンを外して玄関の外へ出た。

だが、外に出てもいつもと変わらぬマンションの廊下が広がっているだけで、特に視覚的に変化はない。

けど、非常ベルの音はやはりかなり近いような——

「きゃあああああああ!?」

「!?」

突如としてお隣さんのドアが勢いよく開け放たれて、そこから凄まじい量の煙がもうもうと噴き出した。

同時に、小柄な住人が悲鳴を上げながらマンションの廊下に転がり出てきた。

煙が一気に周囲を霞ませたため、姿はよく見えないが——

「あ、あの！　大丈夫ですか!?　一体どうしたんです!?」

「あ、ああ……ひ、火が、火が……！」

白いモヤでよく見えないその人影は、ひどく混乱した様子で自宅の中を指さす。

女の人のようだけど、何だか声が若いような……？

「ま、まだ燃えてるの！　ど、どうしよう……何とかしないと！」

「……！」

俺は、玄関ドアが開け放たれたお隣さんの自宅内に視線を向ける。

まだ煙は天井付近にあり、熱も感じないし火元らしきものもまったく見えない。

であれば、今ならまだ――

「……待っててください。いけそうなら何とかします」

振り返ってみると、ここは素直に消防署に連絡すべきだったのだろう。

けど、この時の俺は『とにかく何とかしないと！』という思いで頭がいっぱいであり、それが火災現場への突入という行動に走らせてしまったのだ。

（よし、行くぞ……！）

袖(そで)で口元を覆い、身を低くしてお隣さんの家の中へ。

やはり火の熱はまるで感じないが、煙はどんどん天井を覆っていく。

そうして、未だ鳴り止まぬ非常ベルに耳を貫かれながら進み――煙の発生源とおぼしきキッチンにはすぐに辿(たど)り着(つ)けた。

「え……？」

この状況が火災であることは疑っていなかったが、俺はその原因をフライパン上の油への引火や、コンセントの電気スパークなどと予想していた。

だが実際は……。

（な、なんだ……？　古い電子レンジだけど、中で火の玉が燃えてる……？）

ブゥーンと音を立てて稼働中の電子レンジの中では、何故か崩れたボール状（？）の何かがメラメラと燃えさかっており、扉が少し開いている。

この部屋の天井を覆う煙は、そこから勢いよく噴出しているもののようだった。

（ど、どういうことなんだこれ？　いや、それよりさっさと消火しないと……！）

電子レンジには熱くて触れられる状態じゃないので、まずは電源コードをコンセントから引っこ抜く。

だが、それで電子レンジ内の火の玉が消えてくれる訳じゃないので、俺は内心の焦りを抑えながらキッチンにあった鍋（なべ）に流しで水を溜（た）め——

「おりゃあ！」

それを一気に火の玉へとぶっかける。

それだけで炎はほぼ消えてくれたが、念のために後二回ほど同じ手順を踏む。

「はぁ……はぁ……なんとか消えたか……」

電子レンジの扉さえ開いてなければ電源を切って自然消火を待っただろうけど、扉が開いて酸素が供給されている状態だったので、水をぶっかけざるを得なかった。

キッチンをビショビショにして申し訳ないが……流石に許してほしい。

「けどこれ……どうして火が出たんだ？」

俺は家庭の事情で幼い頃から家事をしており、火の失敗も多少はやった。

今回何とか冷静に動けたのもそういうやらかしの教訓だったりするのだが、それでもこのボヤの出火原因はよくわからない。

「あ、あの……」

俺が首をかしげていると、キッチンの入り口付近からおずおずとした声が響いた。

まず間違いなく、さっきマンションの廊下に転がり出てきたこの部屋の住人だろう。

水音を聞いて戻ってきたものの、怖くてキッチンに入ってこれない様子だった。

「も、もしかして電子レンジの火を消してくれたんですか……？」

しかしこの声、やっぱりどこかで……？

「あ、はい……。勝手に上がり込んで失礼しましたけど、とりあえず火は消えました。幸い、何かに燃え移ったりもしていないみたいです」

「ほ、ホントですか⁉　よ、良かったあああああぁぁぁ……！」

恐怖の元凶が消えたと聞き、住人は声を弾ませてキッチンに入ってくる。

そうして、俺はここでようやくお隣さんの全身を視界に収めた。

（ん……？）

その人は、想像したより大分若い——いや、俺と同年代くらいだった。

というより、とても見覚えがある顔だった。

ふわりと揺れる、長く艶やかな髪。

無垢なまでに白く、粉雪を思わせるような肌。

星の煌めきのように輝く瞳。

街角を歩けば誰もが振り返るようなその美貌は、見間違えようがない。

「え、あ……？」

「本当にご迷惑をかけてしまってすみません……！　私、は……？」

火が消えて部屋に漂っていた白煙が薄まり、お互いの姿は隠されることなく露わになる。

「……星ノ瀬……さん……？」

「は、え……？　同じクラスの……久我、君……？」

煙たさが色濃く残るキッチンの中で、俺たちは呆然とお互いの名前を口にした。


俺──久我錬士は、混乱の最中にいた。

つい五分前の俺は、自宅で夕食の準備をしていたはずだ。

それなのに、俺は今お隣さんの家に上がり込み、白煙で霞むキッチンで学校一の美少女と向き合っているのだ。急展開すぎて脳がとても追いつかない。

「え、え……？　ど、どういうこと？　久我君ってウチのお隣さんだったの？」

「俺も今日初めて知ったけど……どうもそうだったらしい……」

目を白黒させる星ノ瀬さんに、俺は思考力が足りない言葉しか返せない。

ただ幸い、いつも同年代の女の子に近づくと発症する女子緊張症は、この時は鳴りを潜めていた。あまりにも想像外すぎるこの状況に脳が飽和しており、女の子を意識して緊張する余裕すら失っていたのだ。

「じゃ、じゃあ、つまり……ウチの火を消してくれたのは久我君ってこと？」

「ああ、うん……そうなる」

必死に現状を理解すべく交わす言葉はどうもぎこちなく、お互い困惑から抜けきれていないことがわかる。

だがそれも仕方ないだろう。

ただでさえ、火事という非常事態に直面したのに、助けた／助けられた人物が実はお隣に住んでいたクラスメイトだと判明したのだ。

情報過多で、なかなか頭の整理が追いつかない。

「…………」

「ええと、星ノ瀬さん……？」

星ノ瀬さんが急に黙ってしまい、俺は一抹の不安を覚えた。

俺としては火事を食い止めて人の道的に正しいことができたと思っているが（冷静に考えれば突入ではなく消防署に連絡すべきだったとは思うけど）、星ノ瀬さんの自宅に上がり込んでいるという事実は変わらない。

生理的な不快感があったのなら申し訳ない——そう思った時だった。

「ありがとおおおお！　本当に助かったわ……！　久我君こそ今日のヒーローよぉ！」

涙目になって感謝を告げてきた星ノ瀬さんに、俺は目を丸くしてしまった。

彼女は確かに元々クールなキャラではなく、いつも笑顔で皆を魅了するタイプの朗らかな少女だった。

先日、俺とぶつかった時も、こんなFランクの男子相手に気さくに話してくれた。

彼女はいつも明るくにこやかにしながらも、常に丁寧かつ余裕のある振る舞いをしており、優等生的な雰囲気をいつも纏っていた。

しかし、今はなんだかイメージが異なる様子だ。

（なんというか……少し子どもっぽくなってる……？）

「あ、あぁ……もぉ、本当にどうしようって……！　久我君がいなかったら、私ってばまだ玄関前でアワアワしてて、とんでもないことになってたわ……！　本当に、本当にありがとぉ……！」

「あ、いや……どういたしまして……」

予想外に命の恩人レベルの熱烈な感謝を向けられ、俺はそう返すことしかできない。

まあ、確かに火のことはシャレにならない。下手をすれば大惨事になっていた可能性を正しく認識しているからこそ、星ノ瀬さんはこうまで感謝してくれているのだろう。

「その……そういえば、何で電子レンジから火が？」

ふとびしょ濡れになった電子レンジに視線を向けると、中にはほぼ炭と化した丸い何かが見えた。一体、何をすればあそこまで食べ物が燃えて……？

「ああそうそう！　それなのよ！　帰って小腹がすいたから冷蔵庫の肉まんを温めて食べようとしたんだけど！」

ねえ聞いてよ！　とばかりに星ノ瀬さんはビシッと電子レンジを指さす。

「十五分でセットして電子レンジにかけたら何故か途中で肉まんが爆発して、すっごい勢いで煙を噴き出し始めたの！　訳がわからないわ！」

「いや当たり前だって!!　十五分も加熱したら発火するよ！」

あんまりな出火の真相に、俺は相手が恋愛ランキング一位のSランクという貴族的な立ち位置の少女だということも忘れて反射的にツッコんだ。

「肉まんみたいに脂の多い食べ物は、電子レンジにかけすぎると火がついて爆発するんだよ！　というか加熱時間が長すぎだろ！」

「え、え……？　で、でもパッケージには確かに……あ、あ!?　よ、よく見たら電子レンジにかける時間は十五分じゃなくて一分十五秒だったわ……！」

キッチンの流し付近にあった肉まんのパッケージを手に取り、星ノ瀬さんは驚愕(きょうがく)の表情を見せる。

な、なんか、どんどん星ノ瀬さんに対するイメージが変わっていく……。

「星ノ瀬さん！　この煙はどういうことなの星ノ瀬さん！」

「はぅぁ!?」

ズカズカと家に踏み込んでくるおばさんの声に、星ノ瀬さんがびくっと身をすくませる。

この声は……このマンションの大家さんだ。

まあ、これだけ火災報知器が鳴ったら気付くわな……。

「あーもう！　この有様は何なの!?　もう火は収まってるみたいだけど、事情を説明して頂戴！　一体全体、どうしてこんなことになったの⁉」

「え、えっとぉ……それは……」

大家さんの勢いに、星ノ瀬さんは青い顔で冷や汗を流す。

まあ確かに、部屋の貸主に『電子レンジで肉まんを爆発させて火事になりかけました』と説明するのはなかなかにしんどい。

ちょっぴり泣きそうになっている星ノ瀬さんの表情は、いつも学校で余裕に溢れる彼女を知る身としては非常に新鮮で……気の毒ながらちょっと得をした気分になってしまった。


「本当にごめんなさい……大家さんへの説明まで手伝ってもらっちゃって……」

「いや……どうやって消火したのかは俺が説明すべきだっただろうし」

管理人室で大家さんへの説明を終えた星ノ瀬さんと俺は、それぞれの部屋へ戻るべくマンションの廊下を揃って歩いていた。

あの後――大家さんから『うん？　あなたってお隣の久我君？　なるほど、あなたが駆けつけて消火してくれたのね。じゃあ、あなたも管理人室に来て頂戴な』と言われ、それから星ノ瀬さんと二人で今まで事情聴取に応じていたのだ。

（まあでも……悪くない気分だな。火事から星ノ瀬さんを助けることができたんだし、こ

うして並んで歩くっていう貴重な体験もできたし）

　今まで登校や帰宅時間が見事にズレていたのか、俺は星ノ瀬さんの姿をマンション内で見かけることはなかった。

　だから、こんな非常事態でも起こらない限り、俺は彼女がお隣さんということにはずっと気付かなかったかもしれない。

「改めてだけど……本当にありがとう」

　それぞれの部屋の前まで戻ってくると、星ノ瀬さんは改めてお礼を口にした。

「冷静になればなるほど、本当に危ないところだったんだって怖くなるわ。久我君がいてくれて、本当に良かった……」

「あ、いや、別に大したことじゃ……」

　火事が収まったことで、俺たちはいつもの俺たちに近づいていた。

　星ノ瀬さんは何だかいつも通りの優等生的な雰囲気に戻っていたし、麻痺(まひ)していた俺の女子緊張症も徐々に顔を出し始めている。

　実は、さっきから星ノ瀬さんと会話するだけで冷や汗が増えているし、言葉もしどろもどろになりがちだ。

「それじゃあ、またね久我君。このお礼はいつかするから……うっ」

　別れの言葉とともに、星ノ瀬さんが自宅のドアを開ける。

　すると――そこから猛烈な煙臭さが漂ってきた。

まあ、考えてみれば当然だった。

星ノ瀬さん宅の消火から管理人室での説明を終えるまで、せいぜい二十分くらいしか経っていない。

そんな短い時間じゃあそこまで立ち上っていた煙は完全に消えてはくれないし、匂いも強烈に残っているだろう。

「…………………（パタンッ）」

星ノ瀬さんはそっと自宅のドアを閉めて、絶望的な面持ちで立ち尽くす。

確かにあの煙たさでは、とても中にはいられない。

窓を全部開けて換気するしかないが、それにしたって煙臭さが消えるまでに数時間はかかると思う。

そして、星ノ瀬さんは途方に暮れる。

もう夕方なのに家に入れないというどうしようもなさに表情が虚無になっており、ともすれば、今にも泣いてしまいそうだった。

その表情が、あんまりにも気の毒で可哀想だったから――

「あの……星ノ瀬さん」

つい、本当につい。

ふとした衝動のままに、俺は自分の正気を疑うようなことを口にしてしまった。

「もしよければ、換気が済むまでウチにいるか？」

自分の心臓がバクバクとうるさい程に早鐘を打っているのを感じながら、俺は冷や汗にまみれていた。

今俺がいるのは、慣れ親しんだ一人暮らしの部屋だ。

だがそんないつもの自宅も、そこに天界から降臨したかのような天使が存在していればまったく未知の空間となる。

「へー、間取りが同じだから、インテリアの差が新鮮ね。私の部屋より広く感じるわ」

興味深そうに俺の部屋を眺めているのは、俺の対面に座る女子だった。

星ノ瀬愛理(あいり)——学園における恋愛ランキング一位に位置する『恋咲きの天使』。

俺の学校における大勢の男子が憧(あこが)れるアイドルは今——あり得ないことに、俺の家でFランク男子の俺と二人っきりになっていた。

「いやもう、何度お礼を言ったらいいかわかんないけど、ありがとう久我君！　私の家ってばとても入れた状態じゃなかったから、助かったわ！」

「ど、どど、どういたしまして……」

女子緊張症を発症した俺は、意味のある返答を返せているのが奇跡なほどに全身が硬直していた。

ただでさえ相対した女の子が可愛いほど身体が固まってしまうタチなのに、自分の家にあの『恋咲きの天使』がいるという事実に、俺の精神キャパはすでに決壊寸前である。

(自分で提案したことだけど、どうしてこうなった……⁉)

『もしよければ、換気が済むまでウチにいるか？』

つい先程——自分の口からぽろりと出たその言葉に、他ならぬ俺自身が極めて焦った。

誓ってそうじゃないが、家へ誘うなんて『そういう目的』だと思われても仕方ない。

あの朗らかで優しい星ノ瀬さんに、軽蔑の目で見られる——それだけが怖くて自分の考えなしの発言を悔いたのだ。

だが——

『い、いいの⁉　あ、ありがとぉ！　いやもう、お金もあんまりないし、これからどうしようかと……！　思いっきりお言葉に甘えさせてもらうわ！』

そんな意外すぎる反応を返されてしまい、結局こうやって自宅の換気が終わるまで星ノ瀬さんはこの部屋にいることになったのだ。

もちろん俺が一人暮らしであることも伝えたのだが、星ノ瀬さんは『あ、そうなんだ？お互い高校生で一人暮らしなんて珍しいわね』とさほど気にしていない様子だった。

まあ、俺みたいなヘタレに何かできると思っていないのかもしれないが……。

「…………うん？　あれ、久我君って、さっき一人暮らしだって言ったわよね？」

「あ、うん……そうだけど……」

今更危機感を覚えたのかと思いきや、星ノ瀬さんの顔はそんな感じではない。

俺ではなくて部屋の全体……特に床などを眺めながら不思議そうに言っている。

「お母さんとかが定期的に掃除に来てるの？　なんだかどこを見ても埃一つなくて、床もピッカピカなんだけど……」

「え？　い、いや、親は遠くにいるよ。普通に俺が掃除してる」

「えっ⁉」

俺がそう答えると、何故か星ノ瀬さんは目を見開いた。

「ちょ……嘘でしょ⁉　男の子が一人で住んでいる部屋ってこう……もうちょっと散らかっているものじゃないの⁉　いくらなんでも綺麗すぎない⁉」

「あ、いや……床にものを置かないで定期的に掃除機をかけたり雑巾がけをしたりしてるだけだから。別に大したことはしてないって」

「そ、そんな……！　これが普通⁉　それじゃ私ってばメチャクチャズボラってこと⁉」

星ノ瀬さんは何やらかなりのショックを受けた様子で、頭を抱えていた。

なんだか、学校でのイメージと本当にギャップがあるな……。

（あれ……？　なんか俺、緊張が薄れてきた？）

ふと気付けば、『恋咲きの天使』と一つ屋根の下にいる緊張はかなり薄まっていた。

さっきから表情をくるくると変える星ノ瀬さんを見ていると、なんだか和んできて『怖れ』がどんどん少なくなっていっているのだ。

（特に……『星ノ瀬さんってこんなに可愛いけど、電子レンジで肉まん爆発させたんだよな』って思うとなんだか緊張が緩んでくるな……）

星ノ瀬さんとしてはアレは記憶から抹消したい程のやらかしかもしれないが、俺はなんとなく今後何度も思い出しそうな気がする。

そしてそのたびに、顔をほころばせてしまうだろう。

しかし、電子レンジのことといい、部屋が整頓できてないらしいことといい……。

「もしかして……星ノ瀬さんって家事が苦手なのか？」

「うぐ……！」

ポツリと零した俺の言葉に、星ノ瀬さんはピシリと固まった。

もの凄く痛いところを突かれて、言葉を失っているようにも見える。

「あ、いや、ごめん。別に悪く言うつもりじゃ……」

「ふ、ふふ……いえ、いいのよ。今日は本当に恥ずかしいところばかり晒しているわね。なんかもう、自分でも笑えて――」

その時、俺は聞いてはいけない音を聞いてしまった。

星ノ瀬さんの身体から聞こえる、生理的にどうしようもない音。

具体的にいうと『ぐー』という音だった。

「「…………………」」

顔を真っ赤にして固まってしまった星ノ瀬さんと俺との間に、気まずい沈黙が降りる。

正直聞こえなかったことにしてあげたいが、もはや手遅れであることは明白だった。

「……あ、あのさ、星ノ瀬さん」

それは本来、俺みたいな非モテでは口が裂けても言えないことだった。

けれど、家に帰れずお腹も空かせている星ノ瀬さんをそのまま放置するなんてできず、衝動的に提案してしまっていた。

「もしよかったら……ウチで夕飯食べていかないか？」

可能な限りお腹の音に触れず気を遣った俺のお誘いに……星ノ瀬さんは赤面したまま黙って首を縦に振った。


今日は帰宅してから色んなことがありすぎた。

『恋咲きの天使』である星ノ瀬愛理が実は隣に住んでいることが判明したり、彼女が起こしたボヤを消し止めたり、俺の家に彼女を招くことになったり――

そして、とどめとばかりに俺と星ノ瀬さんは一緒に夕飯を食べることになり、現在俺は台所でその支度をしているところだ。

非現実的なこともここまで続くと、もはや一周回って妙に冷静になってしまう。

（星ノ瀬さんが俺の料理を食べる……なんか作るのは俺なのに恐れ多く感じちゃうな）

ともすれば緊張して失敗してしまいそうだが、小学生の頃から何度も繰り返した料理工程はしっかり染みついているらしく、料理はどんどん出来上がっていく。

副菜はすでに完成済みだし、メインの唐揚げもそろそろ揚がる頃だ。

（よしよし……いい感じの色だ。ドカ食いしようと思ってたくさん買っててよかったな）

ショウガ、ニンニク、醤油で漬け込んだ鶏肉は二度揚げでカラリとキツネ色に仕上がった。俺はその出来映えに満足しつつ、出来上がった熱々の唐揚げを皿に盛り――

「お待たせ。口に合うかわかんないけど、良ければ食べてくれ」

「…………」

テーブルに二人分の料理を載せると、星ノ瀬さんは何故か目を丸くし、並んだ料理と俺を交互に見比べた。

そういえば、俺が料理している時も衝撃を受けたような顔で見ていたような……？

「……これ、全部久我君が作ったの？」

「ああ、そうだけど……嫌いなものあったか？」

本日のメニューは、メインの唐揚げ、レタスサラダ、ワカメと豆腐の味噌汁、切り干し大根と人参の煮物という構成だった。

俺としてはそこそこバランスが取れている献立だと思うけど……。

「あ、ううん、立派すぎてちょっとショックを受けているだけだから気にしなくていいわ。それじゃ……いただきます」

「あ、ああ。いただきます」

ショックというのがよくわからなかったが、礼儀正しく手を合わせる星ノ瀬さんを見習い、俺も普段唱えていない『いただきます』を口にする。

（まさか、星ノ瀬さんと同じテーブルを囲む日が来るなんてな……）

この家に俺以外の誰かがいることさえほぼないのに、こうして学校一の美少女に夕飯を振る舞っている今が信じられない。

箸を伸ばして唐揚げをつまむ彼女の動作一つに、まるで映画を見ているような非現実感を感じてしまう。

「っ⁉　お、美味しい‼　何これ、こんな美味しい唐揚げ初めて食べたんですけど⁉」

「そ、そうか……？」

どうやらお世辞ではなく本当に美味しいと思ってくれているらしく、星ノ瀬さんは熱々の唐揚げを頬張って興奮気味に褒めてくれた。

正直、そう言ってくれるのはかなり嬉しかった。

料理は幼い頃から続けている俺の数少ない特技で、味のアップデートは絶えず行っている。

それを女の子に――それも学校で一番可愛い少女に褒めてもらえるのは、なんとも心が浮き立ってしまう。

「あ、あの……ご馳走になっていて厚かましいにも程があるんだけど、ごはんをもうちょっともらってもいいかしら。本当に唐揚げが美味しすぎて……」

「ああ、もちろん。米はいっぱい炊いているし」

厚かましいどころか、俺のごはんを美味しそうに食べてくれるのは喜びしかない。

女の子と二人っきりで夕食を食べているというありえないシチュエーションなのに、俺の緊張はかなり和らいで自然に笑みが浮かんでいた。

「ふふ、それにしても……久我君って料理が好きなのね」

「え……」

心を軽くしている俺を見て、星ノ瀬さんは何故か嬉しそうな笑みを浮かべた。

多くの人を魅了してしまう笑顔を、惜しげもなく俺に向けてくれている。

「さっきまでずっと緊張気味だったけど、料理をしたら自然に笑ってくれたでしょ。ようやく君のリラックスした顔を見れて、なんだかホッとしたわ」

「――――」

どれだけポンコツな面を見せようとも、『恋咲きの天使』は健在だった。

こっちが緊張を緩めたところへの眩(まぶ)しい笑顔。それは恋愛経験が絶無である俺のハートなんてたやすく撃ち抜いてしまう。

(本当に……これはモテるよなぁ)

思わず顔が赤くなったことに気付かれまいと表情を引き締めるが、果たしてどれだけ誤魔化せただろうか。なんとなく無駄な努力である気もする。

そうして――夕食の時間は過ぎていった。

星ノ瀬さんは実に美味しそうに俺の作った夕食を味わってくれて、俺はやや気恥ずかしさを感じながらもそこに幸せを感じていた。

家族以外の女の子と一緒にごはんを食べるなんてこれが初めてだったが……それがトラウマでなく笑顔だけがある時間になったことは、俺にとって喜ばしいことだった。


「本当に美味しかったわ……久しぶりに凄く上等な食事ができたって感じ」

「いや、そんな大げさな」

食事が終わった後……食後のお茶を飲んでいる中で星ノ瀬さんは感動すら滲ませてそう言った。

「全然大げさじゃないわ……私ってば三週間前にお隣に引っ越してきて以来、レトルトばっかりで……」

「そ、そうなのか……？」

恋愛ランキング一位であり、男女問わず皆から好かれる輝かしき『恋咲きの天使』。

成績優秀でコミュ力も抜群な、『デキる女子』がレトルト生活とは、なんだかイメージにそぐわない。

「私もね、引っ越してくる前は一人暮らしに対する理想があったの。部屋もきっちり掃除して栄養バランスに気をつけた食事を作る……そういうつもりだったわ。でも、いざ生活を始めてみると……」

ひどく重苦しい顔で、星ノ瀬さんは続けた。

「私は……信じられないくらいに家事がダメだったことがわかったの……！」

「…………」

一瞬ここは笑うところなのかと訝(いぶか)しんだが、星ノ瀬さんの表情は真剣そのものであり、声には悲痛さが滲んでいた。

「それも並のダメさじゃなくて、自分が怖くなるレベルで……なんかもう、呪い？」

「そ、そこまで……」

まあ確かに、肉まんを爆発させるのは並のドジじゃないけど……。

「だからこそ是非聞きたいの！　一体久我君はどうしてこんなに家事万能なの⁉　何かコツでもあるの⁉」

星ノ瀬さんはテーブルから身を乗り出し、俺にずいっと顔を近づけてきた。

その不意打ちに、俺の顔はまたしても朱に染まってしまう。

「あ、いや……コツっていうか、家庭の事情で小さい頃から料理してたから、単に慣れてるだけで……」

「うぐぐ、やっぱり元から努力している人だったわ……！　凄く尊敬するけど参考にはならないのよそれ！」

　まあ、家事って慣れだから攻略法ってのはあんまりないかもしれない。

　秘訣ではなく積み上げたものであるという俺の答えに、星ノ瀬さんはうなだれる。

「……ねえ、久我君」

　星ノ瀬さんはしばし考え込んだかと思うと、改めて真剣な視線を俺へ向けてきた。

「これは冗談とかじゃなくて本気のお願いなんだけど――」

　お願いという単語に、俺は目を白黒させてしまう。

　この恋愛力が高く評価される時代で、星ノ瀬さんは絶対的な強者だ。

　今の高校時代だけでなく、これから大人になっても貴族のような道を歩むだろう。

　それに引き換え、恋愛のスタートラインにも立てない俺は弱者の道を歩む者だ。

　何も持っていない俺に、全てを持っている彼女が何を頼もうというのか？

「私の家事アドバイザーになってくれない？　私が一人で暮らしていけるように家事全般を指導して欲しいの」

「は、え……？　い、いや、そんな程度なら別に俺に頼まなくてもいくらでも手があるだろ。ネットで情報を見ながら地道にやれば……」

「いいえ、甘いわ久我君」

　そんなもの、わざわざ他人に教わる程のものじゃない――そう告げた俺に、星ノ瀬さんは沈痛な面持ちでゆっくりと首を横に振った。

「今日の火事を思い出して。君が消し止めてくれたから事なきを得たけど、下手をしたらこのマンションが全焼していたかもしれないのよ？　そういうことをしてしまう女なの、私は」

「そ、それは……」

確かに……今日の火事はボヤで済んだから笑い話になっているが、もし対応を誤っていればこのマンションは全焼し、大勢の人が火に巻かれたかもしれない。

あれが人生に一、二回のことじゃなく、今後も起こりうるのだと言うのなら……確かにヤバすぎる。

「もう、いい加減なんとかしたいの！　お皿は何枚も割っちゃうし、料理を作ればお腹壊すし、洗濯物にはカビが生えるし！　その上今度の火事よ！　もう早急になんとかしないと、一人暮らしが破綻(はたん)しちゃうわ……！」

聞くだけならただの面白い失敗談だが、星ノ瀬さんとしては自己嫌悪が深まる苦難の日々だったようで、深刻な顔で頭を抱えている。

まあ、その気持ちは同じ一人暮らしの身としてよくわかる。

自分を助ける存在が自分しかいないのに、その自分のやらかしがあまりに多いと本当に泣きたくなるのだ。

「あと……家庭の事情もあるの。私って、ちょっと理由があって親元から離れて一人暮らしをしてるんだけど……」

やや言い淀みながら、星ノ瀬さんは続けた。

「今後、親がたまに私の暮らしぶりを詳しく確認しに来る予定みたいで……それで、あんまりにも上手く生活できてないと判断されたら、最悪親の所に転校ってこともあるわ」

「な……！」

転校というワードに驚いたが、考えてみれば当たり前かもしれない。

ウチの親はかなりおおらかだが、普通は高校生が一人暮らしなんてなかなか許可されることじゃない。

ましてや、星ノ瀬さんはアイドル級に可愛い女の子なのだ。

親としては心配だろうし、ちゃんとした生活が送れていないという理由で連れ戻すのは過保護とは言えないだろう。

「自力でなんとかしようとしたけど、全然ダメなの！　だからお願い久我君！　たまにでいいから！」

「ええと、その……」

星ノ瀬さんにとって生活面でも家庭面でも重大な悩みであるのはわかったが、あまりにも予想外の展開すぎてどうするべきなのか考えがまとまらない。

住む世界が違いすぎる星ノ瀬さんから、まさかこんなことを頼まれるなんて……。

「もちろん、タダじゃないわ。君が私に家事を教えてくれるのなら――」

悩み深い表情から一変して、星ノ瀬さんは学校でよく見せる余裕たっぷりの笑みを浮かべた。

「私は君に、恋愛のことを教えてあげる」

「え……」

なん、だって……？

「ねえ久我君……恋愛ランキングのことで悩んでいるんでしょ？　Ｆランクっていう位置にいる今を、どうにかしたいんじゃないの？」

「……！」

さっきまで見せていたポンコツ少女の顔は鳴りを潜め、クラスの中心的存在たる少女は的確にこちらの苦悩を突いてきた。

「だったら私が力になれるわ。久我君が恋人を作れるようにコーチして、君の恋愛ランキング順位を押し上げる」

俺をモテるようにする——そんな無理ゲーのようなことを、星ノ瀬さんは自分ならできると自信に満ちた面持ちで口にする。

「い、いや、俺なんかがどうあがいても無理だって。そもそも俺は今更恋活なんてする気は……」

「——本当に？」

反射的に俺の口から出てきた自己防衛の言葉は、星ノ瀬さんの一言で止められてしまう。

「本当に久我君はそう思っているの？　自分には恋愛なんか無理だって、いくら恋活の時代だからって無理して恋人は作りたくないって」

　気付けば、星ノ瀬さんはテーブルから身を乗り出して俺の目をのぞき込んでいた。

　俺が胸の奥にしまっているものを、掘り起こそうとするかのように。

「ううん、そもそも――久我君は恋をしたくないの？」

「――っ！」

　その一言が、俺の中のシンプルな願望を大きく揺さぶった。

　胸に押し込めていたものに一石が投じられて、心中が波立つ。

「周囲の評価がどうこうより、単純に恋人が欲しくない？　想い想われる関係を誰かと結んで、最高の高校生活を送ってみたいとは思わない？」

　まるで催眠術にかけられるように、星ノ瀬さんの甘い囁きがゆっくりと俺の脳裏に染みこんできて――心奥が揺り動かされる。

　逃げ続けていた当たり前の本音が、明確な輪郭を形作っていく。

（これは……チャンスなのか？）

　あまりにも特異な状況の中で、俺は直感的にそう感じていた。

　俺は、今まで何もしてこなかった。

　恋に憧れて、恋の時代を謳歌している周囲を羨んでいるのに、女の子と向き合うのが怖いからと……望むものに手を伸ばそうとはしなかった。

　けれど、心の奥底では願っていた。

自分を変えることができるチャンスを、足踏みしている自分を前に進めてくれるような『何か』が、いつか自分にもたらされることを。

(俺が変わるためのきっかけとなる『何か』が……今俺の目の前にある)

それを理解した瞬間——俺の中で何か固い蓋にヒビが入った。

その亀裂は瞬く間に広がっていき、ずっと封じ込めていた俺の本当の気持ちが溢れ出てくる。

「……したい……」

「恋愛がしたい……！　したいに決まってるっ！」

一度堰を切った気持ちは止まらない。

「本当はいつだって思ってた！　可愛い女の子と恋人同士になって、手を繋いだり他愛ない お喋りをしたいって！」

俺の中で堆積していた渇望が、次々と吐き出される。

「昼休みに一緒にごはんを食べたり、放課後に駄弁ったり、デートで一緒に遊園地に行ったりカフェでお茶したり……そういうのにずっと憧れてた！」

熱に浮かされた頭は、衝動のままに赤裸々な心中を吐き出していく。

あまりにもカッコ悪い、男子の欲望全開な想いを。

「でも恋愛ランキングでずっと底辺の俺は、どうしても死ぬ気で頑張れなかった！　自分に自信がなくて、女の子のことが怖くて、恋愛のやり方がわからないで、本気を出して傷つくことばかりを怖がって何もできないままで……そんなビビりな自分にずっとイライラしてた……！」

何の深みも重みもない俺の長ったらしい本音を、星ノ瀬さんはうんうんと頷きながら黙って聞いてくれていた。その表情には呆れも苦笑もなく、ただ微笑みだけが浮かんでいる。

「そんな俺が……もし、自分を変えたいって言ったら。こんな自分でも恋愛できるようになりたいって、そう言ったら――」

俺の男子すぎる願望を掘り起こした星ノ瀬さんに向き合い、問いかける。

こんな俺でも、星みたいに高くて遠いところに手が届くのかと。

「星ノ瀬さんは……俺を助けてくれるのか？」

「うん、もちろん！　全力で久我君を助けてあげるわ！」

曇りのない純粋な瞳で俺を見返し、星ノ瀬さんは真正面からそう言ってくれた。

そこに浮かんでいる笑みは眩しいほどに輝いており、言葉に込められた想いに嘘偽りはないのだと、そう信じさせてくれた。

「なら……むしろ俺から頼む星ノ瀬さん」

今こそが千載一遇のチャンス――そう確信した俺は、自分から頭を下げて頼む。

目の前の少女は信じられると、俺の勘が告げていた。

「俺にできることは全部するから、恋愛雑魚の俺に恋愛のことを教えてくれ。俺は……自分を変えたい」

「ええ、久我君のその言葉が聞きたかったわ。これで協力関係の成立ね！」

俺が本気であるとわかってくれたのか、星ノ瀬さんは満足そうに笑顔で頷いてくれた。

「じゃあ、これからよろしくね久我君。こうして約束したからには、私は絶対にあなたの恋愛力を上げてみせるから……私への指導もしっかりお願いね？」

「あ、ああ、わかった。こちらこそよろしく頼む星ノ瀬さん」

そうして、その奇跡としかいいようがない契約は締結された。

なし崩しではなく、星ノ瀬さんと俺の明確な意思に基づいて。

そうして、この日に俺は自己変革の出発点へと立った。

今までの、恋を諦めていた自分とは違う茨の道を走るために。

この選択が、自分の高校生活を激烈に変えてしまうのだと知らないまま——この時はただ明日からの決意に燃えていたのである。

　今日もまた、俺はいつも通りに朝起きて登校していつも通りに授業を受け、こうして放課後を迎えた。

　だが、心中はまったくいつも通りではなく、今日は一日中乱れまくっていたと言ってもいいだろう。

　何せ、今日はいつも続いていた日常の続きじゃない。

　これから始まる、修行の日々の第一日目なのだから。

「おい錬士……お前、今日一日変だったぞ？　なんか上の空っていうか、面接を控えてカチコチになった受験生みたいでよ」

「そそそ、そうか？　は、はは、俺はいつも通りだぞ」

　帰りのホームルームが終わった騒がしい教室で、俺は友人の俊郎に平静な言葉を返そうとしたが、逆にかなり挙動不審気味になってしまった。

　やはり今日は全然落ち着かない。放課後のこれから待つとある約束のことを考えると、どうにも緊張で身体が固まってしまうのだ。

「っと、今日はちょっと用事あるから急いで帰るな！　それじゃまた明日！」

「お、おう……？」

困惑気味の俊郎を教室に残し、俺は廊下へと飛び出す。

あからさまに不審に思われたろうが、本当のことなんて言える訳がない。

まさか今から、『恋咲きの天使』と二人っきりになるだなんて。


校舎の外れにある、資料室という名の小さな空き部屋。

先生も生徒もあまり寄りつかない学校の死角のようなスポットの前で、俺は期待と不安を抱えて立っていた。

（指定された場所ってここだよな……）

昨日――俺と星ノ瀬さんは契約を交わした。

俺は星ノ瀬さんの家事に係る相談に対して全面的に応じ、家事全般についての指導を行う。星ノ瀬さんは俺の恋愛力を鍛えて、まともに恋愛ができるようにする。

そういう協力関係だ。

そして、それをお互いが承認した直後に星ノ瀬さんはこう言ったのだ。

『それじゃ、早速明日からレッスンよ久我君！　明日の放課後、校舎の資料室に集合ね！』

明日というスピード感に驚いた俺だが、先延ばしにする理由もないためその提案をありがたく了承した。

おかげで今日一日は、授業が頭に入ってこないほど緊張していたのだが――

（……今から俺、こんな狭い部屋で星ノ瀬さんと二人っきりになるのか？　冷静に考えたらとんでもないことのような……）

少なくとも、こんな密会みたいなことが男子連中にバレたら俺は確実に吊し上げを食らうだろう。冷静になればなるほどに、今の自分の状況が信じられない。

（ええい、今更緊張してる場合か！　今日から俺は変わるんだって決心したんだから、この期に及んでオタオタするな！）

自分を叱咤し、俺は意を決して資料室の扉を開けて中に入る。

そこには――

「あ、久我君！　待ってたわ！」

恋愛ランキング一位の少女――星ノ瀬愛理が、人なつっこい笑みで俺を待っていた。

「――――」

昨日も、彼女と一緒の時間を過ごすという奇跡に俺は非現実感を味わった。

だが、今のこの状況はそれとも違った感覚を俺にもたらす。

学校の制服に身を包んでいる今は、部屋着だった昨日よりもいつも見ている星ノ瀬さんを感じられる。

すなわち、輝ける『恋咲きの天使』。

恋愛ランキング一位のSランクに君臨する、学校のアイドルという貴族的な少女の存在感を。

そんな彼女が放課後に俺を待っていてくれて、にこやかな笑みを向けてくれている。その信じがたい現実に――俺は呼吸すら忘れてしまいそうな衝撃を受けたのだ。

「ご、ごめん、待たせた。それじゃ、よろしく頼む」

「うんうん、任せて！　それじゃ、早速座ってね！」

一応この部屋は小会議室としての役割もあるので、テーブルと椅子はある。

俺はなんとか心の平静を保ちながら、星ノ瀬さんの対面へと腰掛けた。

(うう……やっぱり可愛い……)

昨日も散々思ったが、こうして一つのテーブルを挟むほどの距離まで近づくといかに彼女が並外れた美少女なのかがわかる。

そして、相手が可愛ければ可愛いほどに、俺の女子緊張症は強くなってしまう訳で……。

「うーん、昨日はまだマシだったけど今日は一晩明けちゃったせいかガチガチね」

「……あ、ああ、もう星ノ瀬さんもわかってるかもしれないけど、俺は同年代の女の子に近づくとアホみたいに緊張してしまうタチなんだ。これのせいで、今までどの女子ともロクに話せてない」

ただ星ノ瀬さんに対しては、以前よりは緊張が薄まっている。

そうでなければ、今俺は口を開くことすらできずに赤面したまま固まっていただろう。

(昨晩の一件で星ノ瀬さんっていう存在に少し慣れたのもあるけど……やっぱりこうやって時間を割いてくれている誠意に応えたいって想いが強いな)

星ノ瀬さんは『契約』を果たすべく早速動いてくれている。

であるのに、当の俺がビクビクしてばかりいられない——そんな想いが、緊張に強ばる身体と声を突き動かしてくれているのだ。

まあ、気合いと身体の反応は別物なので、微妙に足が震えていたりシャツが汗で濡れていたりするのはどうしようもないけど……。

「うんうん、なるほどね。でも、大丈夫！　この間廊下でぶつかった時も言ったけど、それは程度の差はあってもみんなあることだから！　ただ単に久我君は高校生では珍しいくらいに緊張が強いってだけ！」

「うぐっ……」

『高校生では珍しい』というくだりで地味にダメージを受けるが、事実なので仕方ない。

「じゃあ、まず最初のレッスンはそのカチコチ症の克服ね。緊張を完全に無くすのは難しいかもだけど、緊張してることを悟られないように話せる……くらいにならないとちょっと話にならないもんね」

「ああ、そうできたらかなりありがたい。けど、そんなのどうやって……？」

「え、そんなの決まってるでしょ？」

女子に慣れる方法なんて一つに決まっているとばかりに、星ノ瀬さんは不思議そうな顔になった。

「じゃあまず、私をずっと見つめ続けて。途中で目を逸らさずに、できるだけ長時間ね」

「な……っ」

提案されたのは、とてもわかりやすくシンプルな特訓法だった。

女の子が苦手なら、女の子に慣れろ。

そう星ノ瀬さんは言っているのだ。

「いつもちゃんとしてはいるつもりだけど、今日はこのために特に髪とか肌とか気をつけて綺麗（きれい）にしてきたわ！　という訳で、はいスタート！」

「えええええ⁉」

有無を言わさずに開始を告げられて焦るが、こうして尽力してくれている以上、抵抗感を感じている場合ではない。

（うう、ううう……くそ、その可愛さでこの特訓方法は……！）

テーブル一つだけが隔てる距離にいる星ノ瀬さんに頑張って視線を向けるが……間近から女子を見つめているのが違法行為のようにすら感じられて、緊張の汗がダラダラと流れてくる。

（……ぐ、本当に綺麗だな。同じ人間とは思えない……）

こうしてじっと見つめていると、改めて星ノ瀬さんの美しさがよくわかる。

髪の艶も、肌の白さも、自然に生まれたとは思えないほどに整った目鼻立ちも……まるで彫刻か絵画のようだ。

そして、そんなに綺麗な少女だからこそ、見つめる俺のマインドもすぐに限界が来てしまい——

「はい、ダメー！　今、目を逸らしたでしょ！　ちゃんと逃げずに私を見つめ続けて！」

（ぐ、ぐうう……！　顔が熱くなりすぎて火がつく……！）

星ノ瀬さんは俺なんかに見つめられても嫌な顔をせずに、もっと積極的に自分を見るように指導してくる。

本来、こんな美少女を好き放題に見つめていいなんて凄まじく幸福なことであり、他の男子が聞いたら金を払ってでも参加したいと言うだろうが……俺にとっては劇薬すぎる。

「あはは！　久我君ってば顔の赤さが大変なことになっているわね！　高校生でここまで真っ赤になっちゃう人はそうそういないわ！」

「人を玩具みたいに言うなよ!?」

そもそも、俺じゃなくても星ノ瀬さんとこの距離で顔を突き合わせたら、ほとんどの男子は顔が真っ赤になるっての！

「お、ツッコミできる余裕が出てきたのはいいことね！　じゃあ、次は三分間お互いに見つめ合いましょうか！　絶対に目を逸らしちゃダメよ！」

「ちょっ、えええ!?」

どんどんエスカレートしていく特訓に、すでにかなり精神が茹だっていた俺は悲鳴を上げた。

「うんうん、見るからに限界だったのによく頑張ったわ。ま、一日ですぐどうにかなるわけじゃないし、これからの積み重ねが大切ね」

「あ、ああ……こんな面倒な奴ですまん……」

レッスンに一区切りがつき、精神力を多大に消費した俺は満身創痍といった状態でなんとか言葉を返す。

結局……俺は休みなしで二十分ほど星ノ瀬さんを間近で見つめ続けたのだ。

その過程で彼女がいかに並外れた美貌を持っているかをこれ以上ないほど思い知り……だからこそ赤面しまくってかなり疲労した。

「それじゃ、基礎トレは終わったから、ようやく今日の本番に入れるわね」

「えっ!?　基礎トレ!?」

あの、俺の精神キャパの限界を試すみたいな、可愛さの暴力に耐える特訓が!?

「そう、あんなのは練習前の準備体操みたいなものよ。これからずっと続けていくつもりだけど、それとは別に実戦の訓練もしなきゃね」

「そう。基本だけど一番重要な、女の子とのコミュニケーションの取り方ね。まずは普通に世間話の練習からかな」

確かにそれは基本にして最重要だろう。

俺みたいな奴でも授業や学校の行事で女子と話す機会は少なくないし、そこで誰とも円滑なコミュニケーションができていなかったからこそ、俺は万年Fランクなのだ。

「じゃあ、さっそく練習に入るわね。久我君、私がペア相手だと思って喋(しゃべ)ってみて」

星ノ瀬さんの言葉に頷(うなず)き、とうとうレッスンの本番が開始される。

これから先はまさに実戦の知識となるのだろう。

「久我君は天気のいい日のお休みとかは、どこか出かけているの?」

「いや、あんまり」

星ノ瀬さんのような美少女から話しかけられて狼狽(ろうばい)することなく返事ができたことは、俺としてはかなりの進歩だった。

やはり俺は、確実にこの特異な少女に慣れていっている。

「……そっか! それじゃお休みの日はお家で何してるの? やっぱり料理?」

「うん、そんな感じだ」

「……そっかー。やっぱりよく作ってるのね。ちなみに得意料理って何?」

「うーん、どうかな。好きな料理は何個もあるけど得意料理っていうとぱっと思いつかないな」

　と、そこで俺は星ノ瀬さんの顔が沈痛なものになっているのに気付く。

「ん？　どうしたんだ？　まだ練習は始まったばかりだけど……。

「久我君……悪いけどさっそく赤点ね。ダメな会話のテンプレよ」

「えええええええ!?」

　眉間を指で押さえた星ノ瀬さんが痛ましそうに口にする言葉に、俺は少なからずショックを受けた。

　こ、こんな短い時間だけでそこまで言い切れてしまうのか!?

「あのね久我君。会話っていうのはキャッチボールなの。基本は質問の応酬よ！　それなのに、こっちが投げたボールをバシバシと地面に叩き落としてどうするの！」

　落第生たる俺をビシッと指さし、恋愛教師の星ノ瀬さんは続ける。

「休日何しているのって聞かれたら、自分のことを話すのとセットで『そっちは休日に何してるの？』とかの質問を返すのが鉄則よ。そうやって質問をラリーさせてリズムよくお互いの情報を明かしあっていくの」

「そ、そうなのか……」

　そんなことはおそらく大多数にとっては常識なのだろうが、俺にとってはまるで身についていないものだった。

「さて、それを踏まえてもう一回！　久我君って休日に何してるの？」

「え、えぇと、メシを作るのが趣味みたいなもんだから、新しい料理レシピを試したりしてるよ。その、星ノ瀬さんはどうなんだ？」

教えられたことを付け加えてぎこちない言葉を返すと、星ノ瀬さんは『よしよし』とばかりに満足そうな笑みを浮かべた。

「そうね、結構色々としてるけど……やっぱり出かけるのが好きかもね。先週だと駅前のカフェに新作フローズンドリンクを飲みに行ったんだけど、久我君はそういうの好き？」

「あ、ああ。甘いものも普通に好きだよ。けどあれって高校生の小遣いにはちょっと高くないか？」

「いやもう、ホントそれなの！　季節限定のやつは押さえたいんだけど、私もあんまりお金なくて……！　ああもう、みんながどうやってお小遣いを貯めているのか教えて欲しいくらいよ！」

「まあ、他の奴らはどうかわかんないけど、俺たちみたいな一人暮らしはやっぱ節約しかないんじゃないか？　あんまり外食多すぎるとあっという間に金欠だぞ」

「み、耳が痛いことを言ってくれるわね……！　あ、そういえば、久我君ってば生活費以外だと何にお金を使ってるの？」

「ああ、それは――」

気付けば、特に思考を巡らせなくても会話は自然に続いていた。

まず実感したのは、お互いに質問し合うということの重要性だ。

お互いが問いかけることで話が途切れなくなるので、リラックスできていない会話の序盤こそ活きる重要なテクと言えるだろう。

（それと……多分星ノ瀬さんが上手いんだ）

星ノ瀬さんはしばしば相手が反応しやすい話題を振り、にこやかな表情や大きな反応で安心感を与えるようにしている。

つまり、相手の気持ちをよく考えて話しているのだ。

（素でやってる部分もあるんだろうけど、やっぱり星ノ瀬さんは心配りが細やかだな……）

学校の最上位のポジションにいる女子であれば、多少の上位意識くらいはあってもおかしくないと思うが、どうして彼女はこんなにも他人を想う性格なのだろう。

そんなことを考えながら、俺はなおも星ノ瀬さんと会話の特訓を続けた。

言葉を交わすごとに俺の緊張も徐々にほぐれていき、いつしか彼女と声を交わし合う時間には、ただ楽しさだけが満ちていった。


「うん、まあ大体こんな感じね。会話っていうのは自分が喋って気持ちよくなるだけじゃなくて、相手と一緒にリズムを作るのが肝心よ」

「ああ……かなり勉強になった……」

記念すべき恋愛レッスン一日目を終えて、俺は多大な精神的疲労を覚えつつも星ノ瀬さんへと頭を下げた。

これでもまだおそらく、異性との会話術においては初歩の初歩なんだろう。

いかに自分が何も知らないのかを今更ながらに思い知る。

「ま、色々とうるさく言っちゃったけど、要するに基本は相手を思いやってコミュニケーションを取ることよ。そこは家族や友達と話す時と何も変わりないから」

それこそが基本にして極意であると、星ノ瀬さんは自信たっぷりに断言する。

細かい会話テクニックなども、全てはそのためにあるのだと。

「久我君は、相手のことをしっかり気遣える人でしょ？　だから、後は話し方を練習して、相手にそれが伝わるようにすればいいの。そんなに難しく考えなくていいからね！」

それは星ノ瀬さんの素なのか話術なのかわからないが、俺の内面を肯定しつつ今後のモチベーションも向上させるそのコミュニケーション術こそ、まさに相手の気持ちを考えた見事なものだった。

何より、星ノ瀬さんが見せてくれる満面の笑みこそが、俺の気持ちを無条件で晴れやかなものにしてくれる。

「……その、本当にありがとうな」

「え？」

意識するより先に、俺は星ノ瀬さんへの感謝を口にしていた。

「レッスンって言っても、アドバイスくらいを想定してた。ここまで時間を使って特訓してくれるなんて……感謝しかない」

俺が恋愛できるようにコーチすると言った星ノ瀬さんの言葉に、嘘はなかった。

彼女は本気だ。

このFランク男子を急速レベルアップさせるべく、大真面目に動いてくれている。

「けど、その……平気なのか？　いくら協力関係を結んだって言っても、男子にこんな間近からジロジロと見られたりずっと会話に付き合ってくれたり……もし無理してるんだったら――」

迷惑をかけたくないという俺の言葉より先に、星ノ瀬さんは首を横に振った。

その口元に、薄い笑みを湛えて。

「久我君はさ、女の子に嫌われるのが怖いのよね」

「え――」

唐突にそう言われて目を白黒させる俺に、星ノ瀬さんはさらに続けた。

「緊張しちゃうってことは、否定されちゃうのが怖いってこと。女の子に嫌われると心のダメージが大きいからつい逃げ腰になって、だからこそいつまで経っても慣れない。そういうことじゃない？」

「……ああ、その通りだよ」

その悪循環は自分でもよく理解している。

否定されることが怖いから、接触できない。

接触できないから、経験値が貯まらずに克服できない。

中学時代から、ずっとそうだった。

特に『あの時』に心を痛めつけられてからは、より悪化して――

「でも安心して！　私は絶対に久我君を嫌いになったりしないから！」

「――――」

俺は、自分に向けられたその言葉に一瞬思考が真っ白になってしまった。

そこに込められた優しさに、言葉を失ってしまう。

「だって、久我君ってば凄く真面目だもん。今日だって今にも頭が爆発しそうな顔になっても、必死に頑張ってた。本気で恋愛できるようになりたいんだって気持ちが伝わってきた」

こんな高校生としては幼いとすら言えるような面倒な男子に、星ノ瀬さんは本気でそう言ってくれていた。

「そんな人を私は嫌ったりしないし、あんな必死な久我君と向き合っていて全然嫌な気持ちにはならないから。だからいくら失敗してもいいし、恥ずかしい姿を見せてもいいからね！」

言って、星ノ瀬さんは眩い笑みを浮かべた。

一点の曇りもなく純粋で、優しさに溢れた温かい笑顔。

そんな彼女の姿が、何か光り輝く神聖なものにすら思えて——俺は星ノ瀬さんから視線が外せなくなってしまった。

あらゆる思考が消し飛んでしまい、この綺麗な人をもっと見ていたいという欲求だけが俺の中を満たしていたのだ。

「……って、あれ、久我君？　ぼーっとしてどうしたの？　なんか、さっきよりもさらに顔が赤くなってるけど……」

「あ、いや……そんなことを言ってもらえるなんて、思ってなくて……」

星ノ瀬さんの声で我に返った俺は、何故か早鐘を打っている心臓の鼓動をうるさく感じつつ、そう答えた。

なんだか顔が妙に熱いけど……いつもの緊張からくる赤面の熱さとはちょっと違うような気がする。

「ありがとう、星ノ瀬さん。本当に……感謝する」

「ふふ、どういたしまして」

本気で告げた感謝の言葉に、星ノ瀬さんは微笑みながら応える。

ああ本当に……言葉を交わせば交わすほどに、この少女がどうしてあんなに人気があるのかよくわかる。

「さて、それじゃ練習の成果を実践する話をしましょうか」

「え……実践？」

「そう、明後日に恋愛授業があるでしょ？　異性ペアでやる会話実習」

昔はなかったという、学校における恋愛授業。

その会話実習と聞いて、先日の苦い思い出が蘇る。

俺はクラスのギャル女子とクジ引きでペアになり、女子緊張症を発症して相手を不愉快にさせてしまい、散々な結果で終わったのだ。

「最初の目標は、そこでペア相手の女子と楽しくお喋りして、お互い満足して終わること」

「…………」

それは、俺からすればかなり高難度なことだった。

何せ、俺は今までの会話実習ではことごとく女子緊張症を発症してしまっており、常にペア相手を呆れさせてばかりだったのだから。

おかげで俺の恋愛授業の成績は、目も当てられない状態になっているのだが――

「わかった。その目標でいこう」

俺がそうきっぱりと返答すると、星ノ瀬さんはやや驚いた表情を見せた。

「まだ習い始めだけど、絶対に成功させる気でやる」

「おお……？　かなりやる気じゃない」

「まあな。内心ずっと望んでたことだし――」

苦笑を漏らしつつ、俺は続けた。

「これが自分を変えるラストチャンスだって、そう思ってるから」

中学時代から今に至るまで、周囲がどんどん恋愛を経験していく中で俺は取り残されていくばかりだった。

それも、ただモテないだけならまだいい。

女子とまともに話せないビビりな俺は、このまま一生恋愛のスタートラインにすら立てないのではとずっと悩んできた。

だけど結局自分を変える突破口を見つけられないままで——そんな時に現れてくれたのが星ノ瀬さんだった。

「俺は普通に恋愛できる奴になりたい。そのためなら、今まで無理だったハードルだって飛び越さないといけないんだと思う。少なくとも、最初から成功させる気でやらなきゃダメだ」

星ノ瀬さんの助力という、信じられないほどの奇跡。

これ以上の幸運なんてこの先絶対になく、これを活かさなければ俺の人生において恋愛の二文字は永遠に封じられてしまうという確信があるのだ。

「おぉー……うん、いいわね！　そのやる気はとってもナイスよ久我君！　人間は前向きな方が絶対にモテるしね！」

生徒たる俺の決意表明を聞き、星ノ瀬さんは本当に先生であるかのように喜んでくれた。

「うんうん、保証してあげる！　久我君は絶対上手くいく！　とってもやる気があるし、真面目で頑張り屋だし！　それに——」

そこで言葉を切り、星ノ瀬さんは少し照れくさそうに続けた。

「さっきの会話の練習ね。実は途中から練習だって忘れてたの。久我君との話が楽しかったから」

「え――」

やや気恥ずかしそうに言う星ノ瀬さんのその言葉に、俺は自分の心にほのかな熱が生まれたのを感じた。

驚きと幸福感がはじけるような、そんな気持ちだった。

「だからね、久我君はちゃんと女の子を楽しませる力を持っているってこと！　あとは練習あるのみよ！　大丈夫、人間本気でやれば大体のことは並以上になれるから！」

それは果たして星ノ瀬さんの素なのか、俺を気遣っての言葉なのかはわからない。

だが、その紡ぐ声の一つ一つが俺の心中に喜びと自信を湧き出させる。

「……ありがとう、星ノ瀬さん」

この少女の想いに報いるためにも、俺はどうしても目標を達成したい。

俺でも男子として進歩できるのだと、証明したい。

そう、だから――まずは最初の目標だ。

恋愛最下層の俺が上に向かって歩き出すために、努力は惜しんでいられない。

最初の恋愛レッスンが終わったその日の夜。

自宅で夕食を済ませた後、俺は学習机の椅子にもたれかかっていた。

「ふう、流石に疲れたな……」

今日はいつもとはまったく違う一日になると覚悟はしていたが……あそこまで濃厚な時間を過ごすことになるとは予想外だった。

そう、あんな近い距離で……俺は星ノ瀬さんを食い入るように見つめ続けて……。

（～～～～っ！）

レッスンの最中はただただ必死だったが、こうして自宅で冷静に思い出すと男心が熱暴走して頭が爆発しそうになる。

あの時間はなんだか胸が熱くて甘くて……ずっといい匂いで満ちていた。

こうして思い返しても、本気で夢だったんじゃないかと思えてしまう。

（ああもう、いつまで赤面大会してるんだ俺は！　それよかすることがあるだろ！）

俺は気を取り直して、学習机に広げたノートへ向き合う作業を再開する。

これは別に授業の予習をしている訳ではなく、恋愛レッスンの記録である。

「『会話は質問でラリーする』『ちゃんと相手の目を見て話す』『反応を大きくすると相手も話していて楽しくなる』……」

ノートに書き込んでいるのは、星ノ瀬さんが教えてくれたことや俺の所感だ。

(今までこういうことから逃げてたからな。今更だけど、こうやってコツコツと一から自分を磨いていくしかない)

今日痛感したのは、俺がいかに男女間コミュニケーションに疎いかということだ。

だからこそ、教えられたことはちゃんと身につけていきたいのだ。

「『休みの日ってどっか出かけたりしてるのか?』……んー、やっぱちょっと愛想に欠けるな。声もハキハキしてない」

ノートを取るだけではなく、俺は星ノ瀬さんとの会話を思い出しながら自主練習も行っていた。

改善すべき点は山ほどある。

とにかく根底にあるのがビビりなので、相手の言葉に反応するのがワンテンポ遅れるし、無意識に声も小さくなりがちだ。

相手への質問も回答しやすいものとは言えないし、相手と向き合う時の表情だってまだまだ硬い。

(はは……まるで面接の練習だな。まあ、似たようなもんだって言えばそうだけど)

異性と自然なコミュニケーションが取れる奴から見れば、こんな努力は失笑ものかもしれない。

こんな練習をするなんて、逆に不純だと言う奴もいるかもしれない。

だけど、まあ――

「まあ、俺がやりたいんだから、やるしかないよな」

今まで、ずっと自分のビビりのせいで踏み出せなかった。

だからこそ、俺はこの一歩を大切にしたい。

(結局、ずっと恋愛と女の子を怖がってきたんだよな)

星ノ瀬さんが言う通り……俺の女子緊張症は女子に嫌われる怖さから発生している。

だけどそれは、最初から今みたいに酷かった訳じゃない。

こんなにも悪化してしまったのは、中学時代にあることがあったからだ。

(あれからずっと……恋愛は自分には手に入らないものだって、どこか諦めていたもんな)

今でも憶えている。

教室に木霊する大勢の嘲笑と、情けなさと悔しさで涙を流した時のことを。

あんなことがなければ、俺もここまで恋愛と女子に萎縮するようにはならなかったかもしれない。

(でも、もう一度始めてみようって思えたんだ。もう一度、恋愛ってものを目指して頑張ってみようって)

俺は、誰でもいいから付き合いたい訳じゃない。

俺が心から好きになれる女子と出会い、交際に至るというのが最終目標である。

だが、そこに辿り着くためにはまず女子への免疫のなさや、異性間コミュ力の欠如といった問題を克服する必要があるのだ。

（恋愛ランキングの上位になって皆に一目置かれたい訳じゃない。ただ、ある程度のランクにならないとまともに恋活ができないんだよな）

友人の俊郎がそうであるように、Ｆランクの男子はどの女子に交際申請してもそれが通ることは稀である。

それがたとえ、同じFランクの女子であろうともだ。

残念ながら、女子にとってFランク男子とは『恋愛対象外』『相手にしたら自分の価値が下がる』みたいな扱いであり、ここを脱出しないと恋活を始めても話にならない。

だからこそ、今は上に昇るべく努力あるのみ。

来週に訪れる最初の試練を想定し、俺は星ノ瀬さんの教えを思い出しながら復習の夜を過ごしていった。

　かつての日本の教育にはなかったという『恋愛授業』。

　男女交際が上手くいくための一般的な手法、交際トラブル、結婚、出産、育児のことも教えるという俺の苦手科目である。

「はい、それじゃあ今日もやっていくわよ！」

　壇上に立つ二十代後半の女性教師――魚住香織先生が、授業の開始を告げる。

　我がクラスの担任にして恋愛授業担当であるこの先生は、なかなかに綺麗な顔立ちをしておりまさに恋愛を教えるのに相応しいように思う。

　というのが、クラスにおける大多数の第一印象だったのだが――

「いい!?　君たちはほんっとに恵まれてるの！　先生が学生の時なんてこんな国を挙げたサポートなんてなくて、自分で呼び出して対面で告白して、フラれたら周囲で噂になりまくるっていうハードモードだったのよ!?」

　なにやら青春に多大なしこりでもあるのか、魚住先生は恋活支援がいかに素晴らしいかをたびたび力説する。

なお、正確な年齢や交際経験などを聞くと非常に怒るのでそこは皆触れないようにしている。

「気が滅入るぜ……先生の話を聞いてるだけならいいんだけど、実習の時はマジで地獄の時間すぎるだろ」

俺の席の後ろに座る友人――里原俊郎がウンザリした様子で話しかけてきた。

まあ、その気持ちはよくわかる。

「ああ、俺たちみたいなFランク男子と当たったら、テンション下がる女子もいるだろうしな」

恋愛授業では、しばしばこういう男女ペアによる実習の時間が設けられる。

それは男女コミュニケーションの練習であると同時に、普段交流がない男女の接点を作るという意味も持っているらしい。

（まあ、つまるところ男子は可愛い女子に、女子はカッコいい男子に当たりたいよな。だからこそ誰がペアになるかはランダムなんだけど）

「……ん？　錬士、お前どうしたんだよ？　いつもなら俺と一緒にゲッソリした顔をしてんのに、なんでそんなにメチャクチャ気合いの入った顔をしてるんだ？」

「まあ、ちょっとな……」

俊郎には言えないが、今日こそが俺が先週からやってきた恋愛レッスンの成果を見せる試験の日なのだ。

今日ペアになった女子と楽しく会話を終わらせる――非モテな俺基準で言えばエベレスト山のように高いハードルを見事突破しないといけない。

（ん……？）

ふと視線を感じて首を動かすと、星ノ瀬さんが俺に向かって小さく微笑みながらグッと握った拳を見せていた。

この不出来な生徒を気遣い、『頑張って！』と言ってくれているのがわかり、俺の心がじわりと温かくなる。

「それじゃペアを発表するわね！　例によって先生が事前にクジ引きアプリでザッと決めてるから！　文句は受け付けません！」

言って、魚住先生は黒板に組み合わせのペア表を印刷した紙を貼り付けた。

そしてその結果は――

（げっ……!?）

自分のペアが発表されてザワつくクラスの中で、俺は心中で悲鳴を上げた。

ちょ、よりによって……！

「はい、それじゃ張り出された席に移動して開始の準備をすること！　ほら、いつまでもザワついてないでさっさとする！」

魚住先生に促されるままに、クラスの皆が所定の席に移動を始め――

恋愛レッスンの成果を試される時間は、始まりを告げた。

「げぇ、またアンタ？」

お互いに向かい合って席に着くと、俺のペア相手である女子——小岩井杏奈から早速辛辣な言葉が飛んできた。

彼女はいわゆるギャル女子であり、髪もばっちり染めていてメイクもしている。

しかしデコレーションしすぎな感はなく、元の美人さも相まって純粋に可愛いという印象を受ける。

恋愛ランキングは四五位（女子：四一五人中）のAランク。

学校のトップ層に位置しており、いわゆるスクールカーストにおいても最上位である。

（ぐぅ……まさか前回と同じ相手に当たるなんて……）

彼女とは先週の会話実習の時にもペアになり、散々な結果に終わった。

その原因は、もちろん俺の女子緊張症だ。

「この間のマジなんなの？　こっちが話してるのに地蔵みたいに固まってさ。そりゃ相手の好き好きとかあるけどさー。人に対して失礼だって思わないワケ？」

小岩井さんの言うことは完全無欠に正しい。

前回の俺は、彼女に対してロクに口を開くこともできずに終わってしまったのだ。

失礼な奴だと言われても、言い訳のしようがない。

「あ、う……えと……」

「はー、何その喉にものが詰まったみたいな喋り方？　ホントにありえないんですけど！」

（く、くそ、また俺は……！）

極めて情けないことに、俺はいつもの持病を発症して過度の緊張に支配されていた。

背中を大量の冷たい汗が流れる。

喉の奥が強ばって言葉を上手く紡げない。

全身に重い鉛がまとわりついたかのように、動くことができない。

（星ノ瀬さん相手には多少話せるようになったけど……やっぱりそれは星ノ瀬さんだからなんだよな）

星ノ瀬さんは、とにかく優しい。

異性に嫌われることを過度にビビる俺に優しい言葉をかけてくれて、俺が話しやすいように気遣ってくれていた。

彼女が付けてくれていた補助輪がなければ、やはり俺の実態はこんなものなのだろう。

当然ながら、一朝一夕で完全克服なんてできていない。

その事実を踏まえた上で――俺は他ならぬ自分へとキレた。

（ふっざけんなよ俺……！　あんなにも星ノ瀬さんに尽力してもらっておいて、『やっぱり無理でした』なんて言う気か⁉）

萎縮してしまっている自意識に活を入れたのは、自らの決意ではなく星ノ瀬さんへの申し訳なさだった。

すでにあれだけの時間を割いて指導してくれたばかりか、星ノ瀬さんは今後も俺という不出来な生徒の面倒を見てくれるつもりなのだ。

そこまでしてもらっているのに、ここでヘタレて前回通りなんて――

それだけは、絶対に許容できない……！

『いい？　固まったりパニックになったりしたらまず深呼吸よ！　一旦リセットしてクールになるのが肝心だから！』

師匠の教えに従い、まずは大きく息を吸い込む。

そして、萎縮した本能ではなく理性で自分を操ることを心がけ――俺は小岩井さんへと向き合った。

「……悪い小岩井さん。ちょっとボケっとしてた」

「ん……？」

ずっとビビって視線を逸らしてばかりだった俺が明確な言葉を発すると、小岩井さんは怪訝な顔を見せた。

「さっきの黒岡先生の数学がとにかく眠くてさ……。小岩井さんは起きてられた？」

「へ？　あーうん、確かにクロ先の授業ってばマジ眠たい。てか結構寝てた」

小岩井さんは見た目の通りノリがいいタイプのようで、俺の軽い会話のジャブにやや驚きつつも乗ってくれた。

「あの間延びした『ちゃぁんと聞かないとダメだよぉ〜』って声を聞いてると、どんなに頑張ってても瞼が落ちそうになるんだよ」

「あー言う言う！　あれマジで気ぃ抜けて眠たくなるっしょ！」

（よし……！）

さっきの黒岡先生の授業の際、小岩井さんがかなりウトウトしていた光景から思いついた摑みだったが、ひとまずＯＫのようだ。

会話序盤の話題こそ最も重要かつ選択が難しいが、内輪ネタは食いつきがよい上に共感が得やすい。

せっかく同じクラスという共通項があるのに、それを利用しない手はない。

（まあ、もちろん星ノ瀬さんの教えだけどな……）

実を言えば、俺の方に余裕はまったくない。

俺は女子緊張症を克服した訳ではなく、それを発症しながらも気合いで耐えているだけなのだ。

今この時も汗ダラダラのままで、精神力だけで会話しているのだ。

「……前回は緊張して態度が悪くなってごめんな。本当はこんなふうにちゃんと話したかったけど、口が硬直してたんだ」

最初の接触に成功した俺は、まず前回のことを謝罪した。

まずそこをすっきりさせておかないと、この後気持ちよく会話できない。

「へ？　緊張？　あれって会話サボってたんじゃないの？　クラスメイトと話すだけであんな地蔵みたいになるわけないっしょ？」

「え……小岩井さんって誰と話す時でも緊張とかしないのか？」

「するわけないっしょ⁉　同じ学年のクラスメイトじゃん。誰だってタイトーだしビビったりする必要ないし」

（こ、コミュ力お化け……！）

同年代の誰かと話す時に緊張する意味がわからない——そう不思議そうに言う小岩井さんは俺とは対極の存在だった。

誰とでも気さくに話せるその気質こそ、彼女を恋愛ランキングのAランクたらしめているのだろう。

「ま、それはいいけど、久我（くが）ってば今日はちゃんとアタシと話す気なんだ？」

「あ、ああ。前回話せなかったから改めて小岩井さんのことを教えて欲しい。ええと、放課後とか休みに何してるんだ？」

これはド定番の質問だが、星ノ瀬さん曰（いわ）くお互いのことをよく知らない場合は必須（ひっす）と言っていいらしい。

学校外の過ごし方などを聞けば、その人が何を好みどういう考えなのかがある程度わかってくるから、とのことだ。

「そりゃもう、ヒマさえあればデートっしょ！　こんな大恋活時代なんだから、むしろそれしかないっていうか！」

（おぉ……流石恋愛ランキング上位のAランクだ）

口調からするに、小岩井さんにとってデートとは非日常的なイベントではなく、生活の一部であるように当たり前のことなのだろう。

「そっか、彼氏と仲がいいんだな」

「あーいや、カレシとはこの間交際一週間で別れたし。その前のカレシは十日くらい続いたけど」

「え⁉　こ、交際期間短いな⁉」

頻繁にデートに行くくらい好きな彼氏がいるのかと思ったが、どうやらかなり入れ替わりが激しいらしい。

まるで賞味期限のようなスパンの短さである。

「だって、なんか違うなーってなっちゃうから仕方ないじゃん」

俺が反射的にツッコむと、小岩井さんはやや憮然（ぶぜん）とした表情を見せた。

「別に、遊んで捨ててるとかじゃなくてアタシは全部マジメのつもり。おごりとかは全部断ってるし」

少し硬くなったトーンで、小岩井さんはそう語る。

「誰と付き合っても、『大好き！』って気持ちにならないから、次に行ってるだけだし。

まー、おかげでビッチみたいに言う奴もいるけど」

なるほど、確かに恋愛ランキング上位はただでさえ同性から妬まれやすい。

特にギャルっぽいスタイルの小岩井さんがよく彼氏を替えていたら、そういう風にも見えるだろう。

だがこうして顔を合わせて話した俺からすれば、まるでそうは思わない。

「そっか、小岩井さんって真剣なんだな」

「え……？」

「小岩井さんはモテればそれでいいって訳じゃなくて、心から好きな人に出会いたいってことだろ。それって、軽いどころかメチャクチャ恋愛に真剣だ」

「…………」

俺が素直な感想を述べると、小岩井さんは驚いた顔で目を丸くしていた。

こっちの台詞が、まるで予想外だったとでもいうように。

「それと、俺としては参考になった」

「へ？」

「交際申請がいっぱい来るようなモテ状態でも、そこから波長の合う人を探すのは大変なんだな。交際経験ゼロの俺にはまだまだ縁遠い話だけど、勉強になる」

「…………へ、交際経験ゼロ!?　ちょ、どうやったらそんなことになるの!?　彼女なんてフツーにしてたらフツーにできるっしょ!?」

「一番傷つく言い方やめてくれよ⁉　ずっとモテない人生で、それを今どうにかしようとしている真っ最中なんだからさ！」

「え、ちょ、メッチャウケる……！　どんだけ下手な恋活してきたのか、誰にも言わないからちょっと聞かせて欲しいんですけど！」

話の中でお互いの共通項を見つけると、ぐっと心の距離が近づく――

星ノ瀬さんの教えの通り、お互い最も関心のある『恋愛』をとっかかりにして、意外なほどに俺と小岩井さんの話は弾んでいった。

いつしか俺の緊張も最初の頃よりかなり薄れ、ごく純粋に会話を楽しんでいた。

それは、他の大勢から見たらささいなことかもしれないが――今までの俺がずっと到達できなかった未知の領域だった。


(お、終わった……死ぬほど汗かいたけど、なんとか和やかに終わったぞ……)

小岩井さんとの会話実習が終わった後の中休み。

俺は汗をいっぱいかいてカラカラになった喉を潤すべく、校舎外の自販機へと足を運んでいた。

(けど、我ながらちょっと感動だ……。恋愛授業であんなにちゃんと会話できたのは初め

てだよ）

あの後——俺は時間いっぱいまで小岩井さんと話して、前回とは違って和やかな雰囲気のまま会話実習を終えたのだ。

自席に戻った時には、女の子とちゃんと話せた感動で胸がいっぱいになり、俊郎から『お、おわっ⁉　錬士、お前何涙ぐんでんだ⁉　なんか悪口でも言われたのか⁉』と心配されてしまった。

（まあ、小岩井さんの性格にも助けられたな。元々明るいノリだから、こっちがちゃんと声さえ出せばむしろ会話を引っ張ってくれるタイプだし——）

「さっきの授業はメッチャウケたよ久我！　アンタって結構面白い奴じゃん！」

「ぶっ⁉」

自販機に小銭を投入しようとしていた俺は、突如背後からかけられた声に飛び上がるほど驚いてしまった。

「こ、小岩井さん⁉　な、なんで⁉」

「んー？　いや、トイレの帰りに久我が一人で歩いてるのが見えたからだけど？」

ただ単に話しかけたかったから声をかけた——その生粋の陽キャしか許されない動機をさらりと口にし、小岩井さんはやたらと気安い雰囲気を醸し出していた。

咄嗟のことで硬直する俺とは対照的に、その表情は実に上機嫌だ。

「ってかさー、前は緊張してたって言ってたけど、何で今日は平気だったの？　もしかして特訓とかした？」

授業外で話しかけられるという思わぬ事態に驚いたが、俺はなんとか呼吸を整えて小岩井さんへと向き合った。

「あ、ああ……うん、実は特訓したんだ」

「はっ⁉」

「女の子と話すたびにカチコチになる自分がいい加減嫌になって、女の子との喋り方を真面目に練習したんだ。早速成果が出たみたいで良かった」

「ぶふっ……！　あはははは！　ちょ、まって、ウケすぎてお腹が……！」

俺がごく真面目にそう返すと、小岩井さんは盛大に噴き出してそのままお腹を抱えて大爆笑する。

校舎外にあるひと気のない自販機前だからよかったものの、これが廊下だったら大勢から注目されてしまっただろう。

「はー……はー……、いや、ごめんごめん、一人で面接の練習みたいなことをしてる久我を想像したらつい……。でもメッチャウケはしたけど、馬鹿にしたワケじゃないからさ！」

ひとしきり笑った小岩井さんは、まるで元から友達だったような様子で言葉を紡ぐ。その距離感の詰め方は、流石ギャル女子と言うべきか。

「まさか本当に特訓したとは思わなかったけど、自分の苦手なことを克服しようとしてるのはマジ偉いし！　同じ恋活してる身としては超応援するから！」

「あ、ありがとう……」

どうやら小岩井さんから見て『恋活を始めた恋愛ダメダメ男』である俺はかなりの珍獣だったらしく、妙に気に入られてしまった感がある。

しかし何はともあれ、女の子から俺の努力を肯定されるのはとにかく嬉しい。

「ほんじゃま！　また何かの実習でペアになったらよろしくー！」

最後にそう言い残して、小岩井さんは去っていった。

その様子は間違いなく上機嫌であり……俺の目標だった『ペア相手の女子と楽しくお喋りして、お互い満足して終わること』は達成できたと言えるだろう。

（やれたんだな俺……ずっとできなかったことが……）

これは小さな一歩かもしれないが、俺としては革命的なことだ。

全てここから変えていけると、そんな希望が今俺の胸に満ちている。

それもこれも、全て星ノ瀬さんのおかげで――

「あ、やっと見つけたわ！　お疲れ様、久我君！」

「!?　ほ、星ノ瀬さん!?」

背後からの声に振り返ると、そこには満面の笑みを浮かべた星ノ瀬さんがいた。

実に嬉しそうな様子で、ちょっとはしゃいでる感すらある。

その口ぶりからするに、どうやら俺を捜してくれていたらしい。

「いやー、なんでもズバッと言う小岩井さん相手じゃハードル高いかなって思ったけど、本当によくやったわね！　私も自分のことのように嬉しいわ！」

　星ノ瀬さんは言葉の通り、この不出来な生徒の目標達成を我がことのように喜んでくれていた。

（本当に面倒見がいいな星ノ瀬さんは……何だか胸がいっぱいになる）

「それで、例の緊張症はどうだったの？　もしかして早くも克服できていたり？」

「いや、そっちは全然だよ。特に慣れてない女子だと自分でも驚くほどカチンコチンで、身体が凍りついたみたいに動かなくなる」

そう、俺の女子緊張症は依然として消えてくれていないし、これを克服するにはもっと時間がかかるだろう。

　だけど――

「え、じゃあ、あの気の毒なレベルの緊張はそのままで、気合いだけで話していたの？　よく見たらシャツが汗でぐっしょりだけど……」

「ああ、うん。きっと俺一人だとどんなに気合いを入れても無理だった。けど……星ノ瀬さんがいてくれたからさ」

「え……」

　そう、我が身の情けない性質を精神力でねじ伏せることができたのは、俺の意志の力じゃない。

「尊敬できる先生である星ノ瀬さんにあれだけしてもらって、何も成果が得られないなんて絶対嫌だ……そう思ったら、固まっていた身体がなんとか動き出したよ」

「そ、そう……」

俺が素直にそう述べると、何故か星ノ瀬さんは照れくさそうに顔を逸らした。

「その、久我君って、ド真面目というか天然というか……割と真顔で相手を褒めるわね」

「ん？　相手の美点を言うのって、なんかダメなのか？　……って、おお⁉」

会話の最中に、俺のスマホが軽く振動する。

ふとそちらに目を向けると――俺にとって驚くべき表示がそこにあった。

「み、見てくれ星ノ瀬さん！　これ！　『いいねポイント』だ！」

「あ、本当……え、小岩井さんから⁉　い、一度話しただけで結構気に入られたわね……ちょっと予想外だわ」

いいねポイントとは、コイカツアプリで月に決められた回数だけ異性に送ることができる好意のポイントであり、このポイントをどれだけもらったかが恋愛ランキングの順位に大きく影響する。

なお、恋愛的好意でももちろん送れるが、ちょっと一緒に掃除をして微かな好感を持ったとか、たまたま部活で頑張っているところを見たとかの軽い感謝や好感によって送られることも多い。

「お、おおおおぉぉぉぉ……！　じ、人生初のいいねポイントだ！　い、いかん感動して涙が出てきた……！」

「あ、凄い。小岩井さんからのコメントまで付いてる……『メチャクチャウケた！　また話するっしょ！』……。う、うーん、目標設定したのは私だけど、いきなりでここまで上手くいくとは思わなかったわ」

「それもこれも星ノ瀬さんのおかげだよ！　たった数日で俺をここまでしてくれるなんて、凄すぎるって！」

　正直、俺は興奮していた。

　それほどまでに今日の一歩は大きい。

　今まで渇望しつつもまるで手に入らなかったものが、この歩みの先には存在する――そう考えただけで、胸に希望が溢れて止まらない。

「本当にダメダメな生徒だけど、今後もよろしく頼む！　俺もきっちりと約束は果たすからさ！」

「ええ、任されたわ」

　俺が大げさなくらいに深く礼をして頼むと、星ノ瀬さんは柔らかく微笑んだ。

「こんなものはまさに最初の一歩よ。まだまだ教えていないことがたくさんあるから、ちゃんとついてきてね？」

　こうして、星ノ瀬さんの恋愛レッスンにおける初めての実践はこうして終わりを告げた。

　このささやかな成功体験は俺の意欲を大いに増進し――今後の特訓にもますます熱が入ることとなったのだ。

五章　Fランク男子の家事指導

Chapte

「うーん……」

俺こと久我錬士は、悩みながら夕方の帰路に就いていた。

「さて、どうするべきか……」

先日の恋愛授業の実習は大成功に終わった。

それもこれも全て星ノ瀬さんが『久我錬士の恋愛力向上のための指導をする』という契約をこの上なく果たしてくれたからであり、感謝してもしきれない。

その恩に報いるには、やはり俺も誠実に『契約』を果たすのが最善だろう。

俺が請け負った家事アドバイザーとしての約束は二つ。

一つ目は星ノ瀬さんの家事に係る相談に全面的に応じること。

二つ目は家事指導をして、星ノ瀬さんの家事スキルを向上させること。

(そんなわけで早速家事指導を始めたいんだけど、何からがいいかな……)

どうやら星ノ瀬さんは掃除・料理・洗濯など家事がことごとく苦手らしい。

ならどれから教えていくべきか……。

（……って、考えごとしてたらもうマンション前か。さて今日は遅くなっちゃったからメシは簡単に済ませ……？）

自宅マンションのエントランスに入ろうとすると、そこから少し離れたゴミ捨て場に立つ見覚えのある人影に気付く。

（星ノ瀬さん……先にマンションに帰ってたんだな）

星ノ瀬さんが隣に越してきてからまだ日が浅いせいか、俺たちは先日までお互いが隣に住んでいることを知らなかった。

けどもしかしたら、今までこうやって視界の端に入ることはあっても、関係の薄さからお互いを認識できていなかっただけかもしれない。

（でも今はこうして、少しでも視界に入ると星ノ瀬さんがいるってわかっちゃうな……。この間なんて、あの綺麗な顔を念入りに網膜へ焼き付けちゃったし）

しかし……星ノ瀬さんはゴミ捨て場に棒立ちして何をしてるんだ？　なんか途方に暮れたような顔をしてるけど……。

「あ、久我君！　ナイスタイミング！」

星ノ瀬さんは俺を見つけるやいなや、沈んでいた表情を輝かせた。

「助けてぇ……！　さっき大家さんから呼び出されてゴミを突き返されちゃったのぉ！」

「えぇ……？」

咄嗟に状況が飲み込めず俺は困惑した声を出してしまうが、すぐに星ノ瀬さんが両手に持つゴミ袋に何か紙が貼られていることに気付く。

そこには、『ちゃんと分別しなさい！』という大家さんからのお叱りの言葉が手書きで記されている。

そういえば、昨日は資源ゴミの日だったが……。

「……もしかして、色んなゴミをごっちゃにして詰めちゃったか？」

「なんだか、そうらしいの！　でもどういう風に分けたらいいのかわからなくて……！　その辺のことをちょっと教えて欲しいんだけど！」

涙目で助けを請う星ノ瀬さんの頼みを断るなんて、契約的にも心情的にもできようはずがない。

こうして、俺の家事指導の第一回目のお題は自動的に決定してしまったのだった。


「？　どうしたの久我君？　なんだか固まってるけど……」

「あ、いや……その、お邪魔します……」

星ノ瀬さんは不思議そうに俺を見ているが、俺の反応はごく当然だと思う。

一人暮らししている女の子の家の敷居を跨ぐなんて、俺でなくても抵抗があるし躊躇するだろう。

（そりゃこの間も入った家だけど……あれは火事の消火のために踏み込んだんだから流石にノーカンだし）

大家さんにゴミを突き返された問題を解決すべく、俺は今星ノ瀬さんの自宅に足を踏み入れていた。

それは、他ならぬ星ノ瀬さんが自分の家での作業を提案したからだ。

当然ながら俺はその発言に動揺したが、『へ？　でも、私のゴミいっぱいあるんだけど、そんなのをマンションの敷地内でぶわーって広げてたら大家さんに怒られない？』という意見は否定し辛かったのだ。

（しかし、火事の時は煙が濃くてキッチン以外の部屋は殆ど見ていなかったけど……）

通されたリビングの光景は、その……なんというか『星ノ瀬愛理の自宅』という甘いワードが反映されたものでは決してなかった。

あんまりストレートに言葉にすると星ノ瀬さんの悪口になるからアレだが……なんというか、整然としているとは言いがたい。

「さて、それじゃここでゴミを開けるわね」

問題となっているのは資源ゴミ……つまり不燃物だ。

分別がやや面倒なこともあり、大家さんは多少の間違いも許さずきっちりと住人に指導する傾向がある。

だから、教えると言っても多少のアドバイスだけで済むと思っていたが……。

「……う、ううぅぅん……。悪い、これは全然ダメだ」

「えええええ!? なんでぇ!?」

広げられた数々のゴミを見て、流石に苦言を呈さざるを得なかった。

「まずペットボトルな。これはちゃんとキャップとラベルを外さないとダメだ。プラスチックはプラゴミ分類だよ」

「え……そうなの？ コンビニとか自販機ではみんな普通にキャップごと捨ててるからてっきりこれでいいかなって……」

「うん、家庭から出す場合はそれじゃダメなんだ。あと、ビンも同じようにキャップを外さないといけない」

「え？ これって外せるものなの？」

「ああ、こうやって――」

俺は手近にあった小さなシロップのビンを手に取り、その上蓋を引っ張ってキャップ全体を裂いて外す。

「そ、そんなふうに取れるものだったの？ よ、よしじゃあ私も……あーっ!? ふ、蓋だけ千切れちゃったわ!? う、うう、こうなったらカッターで……」

「ま、待て待て！ そういう時はスプーンを突っ込んでテコの原理で取ったり、どうしてもキツい時はちょっとお湯で温めたらいけるから！」

星ノ瀬さんにカッターを使わせるのはなんだか猛烈にヤバい気がして、俺はかなり焦りながらそれを止めた。

「おぉ！　確かにスプーン使ったら楽勝じゃない！　流石久我君、お婆ちゃんの知恵袋みたいね！」

「あんまり嬉しくない褒め言葉だな……」

まあ、自分が高校生にしては所帯じみてるのは自覚あるけど……。

「あとはスプレー缶だな。穴を開けてないのは本当にマズいから気をつけてくれ。下手したら爆発するし」

「それはわかったけど……どうやって缶に穴を開けるの？　世の中の主婦ってみんな指でアルミを貫通できたりするの？」

「主婦を何だと思ってるんだよ!?　みんな普通に器具を使ってるよ！」

言いつつ、俺はこの家にお邪魔する前に自宅から取ってきた穴開け器を見せる。

リングの内側に鋭いトゲがついたもので、中央からペンチのように開閉する仕組みだ。

「そ、そんな拷問器具みたいなのが必要だったたんだ……よ、よし、それじゃちょっと借りるわね」

「え？　いや、ちょっと待……っ！」

「きゃあああああ!?　メッチャ中身が噴き出してきちゃったわぁ!?」

「中身使い切ってないからだよ！　ガスが残ってるとそうなるって！」

俺の教えることなんてごく当たり前のことではあるが、一人暮らし初心者の星ノ瀬さんには初めて知ることばかりであるらしい。

ただ、星ノ瀬さんの学習意欲は高く、それは教える側である俺にとって快いことだった。

まあ、そんな感じで――

たびたび騒然となりながらも、最初の家事指導は進んでいったのだ。


「まあ、こんな感じかな。これで大家さんから怒られることはないと思う」

「あ、ありがとう……思ったよりも全然複雑だったわ……」

ようやく全てのゴミを分別し終わり、星ノ瀬さんは疲れ果てた表情で言った。

まあ、確かに指導すべきところは多かった。

電池は燃えないゴミじゃなくて、自治体か家電店の回収ボックスに捨てるとか。

カッターの替え刃は、固い紙などに包んで刃物と明記するとか。

透明プラ容器はペットボトルの中に混ぜずにプラゴミへとか。

その他いくつかのルール違反を正して、ようやくゴミ問題は終わりを迎えたのだ。

「まあ、あんまり分別がアレだとゴミ回収の人も持って行ってくれないからな……」

「ふふ……実はちょっと『大家さんの意地悪！』とか思っちゃったけど、ちゃんと分別してみると、何も考えずにゴチャゴチャに混ぜていた私が明らかに悪いわねこれ……」

自嘲気味に言う星ノ瀬さんを見て、俺はつい口元に笑みを浮かべてしまった。

星ノ瀬さんはため息が出るような美貌を持ち、神に愛された存在と言える。

だが、そういった恵まれた人にありがちな傲慢さは微塵もない。

大家さんに怒られたからというのもあるが、きっちりとメモを取ってまで今後のゴミ分別をちゃんとしようとする真面目さは、俺にとって大変好ましい。

「わっ、もうすっかり暗いわね。こんなに遅くまで付き合わせちゃって悪かったわ」

「いや、これも契約の内だって。それにむしろ……俺としても少し心が軽くなったしさ」

「？」

俺の意図がわからなかったようで、星ノ瀬さんは不思議そうな顔を見せた。

「恋愛レッスン、あんなにしっかりやってくれたろ？　正直びっくりしたんだよ。星ノ瀬さんが俺のためにあそこまでしてくれるなんてさ」

アドバイス程度でも御の字だったのに、予想に反して星ノ瀬さんはガッツリとマンツーマンで指導してくれた。

あれは俺にとって、かなりの衝撃だったのだ。

「あまりにもありがたすぎて、俺もきっちりと家事指導をしなきゃって思ってたとこなんだ。星ノ瀬さんのレッスンの価値に比べたら、俺が教えられることなんて本当にたかが知れてるけど……それでも少しはお返しができたかなってさ」

そもそも、俺のために時間を割き、俺と顔を突き合わせながら恋愛レッスンを行ってくれること自体が聖人のような行いである。

　他の女子に同じことをやってもらおうと思ったら金でも積まないと無理だろうし、家事指導程度では交換条件として安すぎる。

「ふうん、そんなふうに考えてくれてたんだ？　でも、私の考えはちょっと違うかな」

　分別したいくつものゴミ袋を部屋の片隅に置き、星ノ瀬さんは苦笑するように言った。

「こんな恋愛至上主義な時代になる以前から、恋愛は『偉い』こととして扱われていたんだって。恋愛をしてる人、恋愛経験が豊富な人は強くて凄いって感じでね」

　それは俺も知っている。

　今の時代は特に加熱傾向があるが、それ以前の時代でも恋愛が『偉い』ことという意識は普通にあったらしい。

「でも、私は異性にモテる人が、家事ができる人より偉いだなんて思わない」

　その言葉に、俺は少なからず息を呑んだ。

　恋愛ランキング一位のSランクである星ノ瀬さんは、多少家事ができるくらいである俺よりも明らかに『偉い』のだと――他ならぬ俺自身がそう思っていたからだ。

「だから、私の教えていることの方が価値があるなんて思わないで久我君。私は君が教えてくれること、君が助けてくれたことを、この上なくありがたいと思っているんだから」

「――――」

　朗らかな笑みとともに紡がれる言葉に、俺は言葉を失ってしまった。

何故か目の前の美しい少女から目が離せなくなり、脳の活動が停滞する。

（ああ、本当に――）

星ノ瀬さんは素敵な女の子なんだなと、深く思う。

そして同時に、おそらくかなりの変わり者だ。

恋愛ランキング最下層のFランクである俺なんかの助けをそんなにもありがたがってくれる女子なんて、学校中探しても彼女だけだろう。

「あ、そうだ！　このあいだは夕食をご馳走になっちゃったし、今日は私がご馳走するわ！」

「え⁉」

予想だにしなかった提案に、俺は素っ頓狂な声を上げてしまった。

夕食って……星ノ瀬さんの手料理ってことか⁉

「ふふ、遠慮しないでいいから待ってて！　すぐに準備を――あっ⁉」

リビングの隣にあるキッチンへ足を運んだ星ノ瀬さんは、突如何かマズいことを思い出したように固まった。

その視線の先にあるのは……先日の肉まんファイヤーの一件で焦げた電子レンジだった。

どう見ても使っちゃマズい状態のままである。

「し、しまったわぁぁ⁉　ネットで頼んだ新しい電子レンジはまだ届いていないんだった！　ど、どうしよう、これじゃとっておきの高級冷食が食べられない！」

星ノ瀬さんは困り果てた様子で頭を抱える。

そっか……まだ買い替えが完了してなかったんだな電子レンジ……。

「う、うう……今日はお弁当を買いに行ってないし、冷食が封じられちゃうと食べるもの自体がほとんどないわ……」

星ノ瀬さんはかなり困った様子で冷蔵庫の中や戸棚を確認するが……中に入っている食材は確かに少ない。

だけどまあ、これならなんとか……。

「なあ、そこにある食材って全部使っていいか？」

「え？　いや、それは全然構わないけど……って、まさか久我君、何か作れるの⁉　恥ずかしながらロクなものがないんだけど……」

「まあ、もちろんそんなキッチリしたものは無理だけど……もしよかったら任せてくれ」

どうやらこのままだと、星ノ瀬さん自身の夕食すらないらしい。

そうと聞いては黙って見ていることもできず、俺はそう申し出る。

（ただ、それにしても……妙にやる気だな俺）

ここ最近で星ノ瀬さんと急速に交流を深め、彼女のポンコツな面を多々見たせいで彼女への緊張はかなり薄れている。

ただそうであっても、自分に女の子の家で料理を買って出る度胸があったとは驚きだった。普段の俺なら『出しゃばりだと思われないかな』などと考えて黙っていそうなもんだが……。

（そうだな、もしかして……）

あるいは、俺は浮かれているのかもしれない。

星ノ瀬さんがさっき、家事を教える俺のことをありがたいと言ってくれたから。

Ｆランクで特に誰にも必要とされない俺を、必要としてくれていたから。

だから、もっと彼女の役に立ちたい。自分の得意なことで彼女に喜んで欲しい。

そんな想いから自分の積極性が増しているのだと気付き——俺は星ノ瀬さん家の食材を漁りながら、現金な己に苦笑した。

「……嘘でしょ……」

テーブルに並べられた俺の料理を見るなり、星ノ瀬さんは驚愕（きょうがく）の面持ちを浮かべた。

ベーコンレタストマトのパスタ、簡単グラタンパン、なんちゃってポテトサラダ。

本当に簡単ではあるが、なんとか夕飯っぽい形にはなった。

「ウチにあった食材だけでこれを……？　料理スキル高すぎない？」

「いや、本当にあり合わせで作った間に合わせメシだけど……」

星ノ瀬さんは食生活がレトルト主体であることを気にしてか、パックのレタスサラダとミニトマトを買い置きしており、後は朝食用なのか少量のベーコンがあった。

そのなけなしの食材のおかげで、なんとかパスタは格好がついた形だ。

副菜は、カップスープの素・裂けるチーズ・食パンで作ったグラタンパン。

それとジャガイモスナックをお湯で戻して作った、なんちゃってポテトサラダのレタス添えだ。

「お、美味しい……！　パスタはトロっとなったトマトがソースみたいだし、グラタンパンもポテサラも、普通にちゃんとした味がする……！」

「良かった。まあ、とにかくパスタがあったのが一番助かったな。米もあったけど、ちょっと時間がかかっちゃうし」

「えと……実はパスタは一回チャレンジした時の余りなの。お洒落なインフルエンサーとかがよく作ってるから真似したんだけど、茹でてみたらドロドロになっちゃってからまだ再挑戦できてなくて……」

あはは－、と恥ずかしそうに星ノ瀬さんは照れ笑いを見せる。

まあ、パスタって結構茹で方が難しいからな。

「それにしても……小さい頃から家事をしてたっていうけど、久我君って本当に凄いわね。歴戦の主婦みたい」

ありあわせで作った料理を感心した様子で眺め、星ノ瀬さんは言った。

「今は料理男子も珍しくはないけど、高校生でよくここまでできるなって感心するわ」

大恋活時代――つまり結婚・出産が盛んな時代でもある今は、男子も家事ができてしかるべきという風潮は強くなっている。

だが確かに、高校生で俺ほどやっている奴は珍しいと思う。

「単純に家庭の事情だよ。母さんは大きい会社の偉い人で、父さんはその部下なんだ。どっちも凄まじく忙しい上に揃って家事が苦手だから、小さい頃から俺が家事を手伝っていたんだよ」

この情報だけだとなんだかひどい親のようにも聞こえるので、家族仲は良好なことと、俺の高校合格後に母さんの栄転が決まってしまったので、俺の意思で一人暮らしを選択したことを付け加える。

「え、偉すぎない……？　なんかもう、レトルト生活を送ってる自分が恥ずかしくてたまらないんだけど……」

「まあ、家事に慣れていても全然恋愛力と結びつかないのが困りごとだけどな。高校生じゃ特に目立つ特技じゃないし」

大人の恋活は結婚を視野に入れるため、家事力は大きなポイントとなるらしい。

しかし高校生である俺たちの間では、家事ができることはあんまりアピールポイントにはならない。

「まあ、そういう面はあるわね。でも魚住先生の恋愛授業でもあったでしょ？」

空になった皿の上にフォークを置き、星ノ瀬さんは続けた。

「恋愛の行き着くところは結婚で、他人同士が一緒に暮らすためには家庭的な要素や気遣いが最後には一番必要だって。実際、大人の恋活だと家庭的な男の人は人気らしいわよ？」

「それって今イチ信じられないんだよな。だって現に、ウチの学校の恋愛ランキングで人気の男子って、スポーツができたり誰とでも仲良く話せたり……なんというか『強い』奴ばっかだろ？」

穏やかで優しいタイプの男子などよりは、やはり肉体派でクラス内でも発言権が強いタイプがモテる現状を見ると、大人の世界でその傾向が変化するとはどうにも信じられない。

「ああ、それは『わかりやすい』からよ」

男子の恋愛ランキングを見ていつも思っていたことを言うと、星ノ瀬さんは苦笑した。

「みんなね、相手がどういう魅力を持っているかわからないの。だから、運動ができるとか顔がいいとか、外からパッと見てわかる魅力がある人に集まっちゃう」

「それは……確かに。男子もそういう感じで女子を選んでるな」

相手がどういう人かわからないので、まずは見た目や明るさなどのわかりやすいところを見る。それは確かに、男女関係なくやっていることだ。

「でも、交際するとわかりやすい魅力より中身が重要になるのは、大人じゃない高校生の私たちでも一緒よ。恋愛ランキングの人気なんかより……一緒にいる相手のことを思いやれる人こそが、本当の意味で価値のある恋愛ができるんだと私は思う」

わかりやすい魅力と、本当に必要な魅力。

それらを語る星ノ瀬さんの表情は、何故か儚げだった。

瞳もどこか遠くを見ているようで、もの悲しそうな色を映していた。

「……ふう、今日はありがとう久我君」

俺が星ノ瀬さんの表情に妙なものを感じていると、当の本人はすぐにいつもの調子に戻っていた。

「ゴミ捨てさえよく知らない私に丁寧に指導してくれて、おまけに夕飯まで作ってもらっちゃって……本当によくしてくれるわね」

「いや、そんな……俺がしてあげられることなんて本当に大したことじゃないし」

実際、俺ができることなんてそこらの男子の多くができるだろう。

星ノ瀬さんが俺にしてくれることとは、価値が比較にならない。

「……私は、久我君に自信を持って欲しいな」

「え……」

穏やかな表情のままポツリと、星ノ瀬さんはそう口から漏らした。

「久我君は、真面目で世話焼きで、自分をよくしようっていう向上心も、いざという時に他人のために動ける行動力もあるって私は知ってる。それが多くの人に知ってもらえたら、君はきっとたくさんの人から想われるようになる」

お世辞ではなく、そうなっていないのがもったいないと言うかのような様子で星ノ瀬さんは続けた。

「恋愛ランキングなんて、人のごく表面的な部分しか見えないものなの。だから、自分をダメだなんて思わないで久我君。少なくとも、私は君とこうして一緒にいる時間は、とても安らいでいて楽しいって思えるから」

「――――」

恋愛ランキング一位のSランク。

あらゆる男子の心を奪う少女は、驚くべきことに恋愛ランキングを否定するようなことを口にしながら、ごく純粋な笑顔を俺へと向けてくれた。

そうして、俺は彼女の本質の一端を理解する。

（ああ、そうか……）

恋愛力で人を測ることが当たり前になったこの世界でも、恋愛ランキングトップである星ノ瀬さんは、ランキング最下層の俺を色眼鏡で見ることはない。

彼女は、人そのものを見ることができる人なんだ。

「？　どうしたの久我君？　なんだかボーッとしてるけど」

「あ、いや……」

なんだか、不思議な感覚が俺の胸を満たしていた。

星ノ瀬さんが美人なのはずっとそうなのだが、なんだか彼女が数秒前よりもさらに魅力的に見えてしまう。

何かよくわからないものが俺の胸に萌芽（ほうが）したような、そんな感覚があった。

まあ、ともあれ──

「……ありがとう、星ノ瀬さん。そんなことを言ってもらったのは初めてだ」

自分の性質に悩み自信を失っていた俺の心に、星ノ瀬さんの言葉は春に降る暖かい雨のように染み入っていく。

他ならぬ星ノ瀬さんに俺を肯定してもらったことが、涙が出るほどに嬉しい。

「星ノ瀬さんは……本当に素敵な人だな」

「へっ⁉」

胸に溢れた気持ちのまま、俺はごく素直な想いを口にした。

想いが飽和していて、口に出さずにはいられなかった。

「星ノ瀬さんの人気は恋愛ランキングにも現れているけど……すごく正当な評価だなって思う。こんな素晴らしい人に恋愛レッスンしてもらって、俺は本当に幸運だなって何度も思ってる」

「ちょ、ちょっ！　真顔で何言ってるの⁉　女子に緊張するタチなのに、なんでそんな恥ずかしいことは平気で言えるのー⁉」

褒め言葉なんて聞き慣れているはずの星ノ瀬さんは、意外にもちょっと顔を赤らめていた。そんな彼女の様子に、俺の中で芽吹いた何かがまた少し大きくなったような気がするが──

ともあれ、俺の最初の家事指導はこうして幕を閉じたのである。

幕間

星ノ瀬愛理の独白

Interlu

「ふぅ……」

私──星ノ瀬愛理(ほしのせあいり)は、夜の自宅で一息ついていた。

二年生になってから始めた一人暮らしにも少しは慣れたけれど……この夜の静寂の中に身を置くのは、未だに少し寂しく感じてしまう。

(……やっぱり、一人に戻ると部屋が広く感じちゃうかも)

ふと、先程までこの部屋で一緒に夕食を食べたクラスメイトを──久我錬士(くがれんじ)君のことを思い浮かべる。

(久我君にはたくさん働かせちゃったわね。まさか夕飯まで作ってもらうことになるなんて……)

彼には本当にお世話になっている。

特に先日の火事の件は、何度お礼を言っても足りない。

あの時彼がいなければ、大家さんにどやされるなんて可愛いレベルじゃすまなかっただろう。

（ふふ、笑ったら悪いけど、あの後の久我君の緊張っぷりは面白かったわね）

本人曰くあの時は緊急事態の直後だったので、女子緊張症は大分薄まった状態だったらしい。

それでも首筋にうっすらと汗はかいていたし、ところどころ声が上ずったりして、まるで面接をしているみたいな感じだった。

気にしている本人には悪いけど、あんまりにもピュアすぎてちょっと笑ってしまう。なんとも微笑ましくて、可愛いとさえ思える。

（私のプライベートでのダメダメさも全面的にバレちゃったけど……）

とても恥ずかしいことだけど、それが私にとってはある種の安心になっているのも事実だった。

恋愛ランキング一位である私は、学校では色々ある。

少なくとも、考えなしにただ自分らしく振る舞うことは抑制している。

だからこそ、ドジでちょっと子どもっぽい自分を曝け出せる相手というのは貴重だった。

彼はとても信用できるし、話していると気が休まる。

（だからこそ、お互いの利益のために協力関係を提案できたのよね）

あの火事の日に感じた、彼の生真面目で善良な人柄。

それを見込んだからこその提案だったのだけど、それは間違っていなかったと確信できる。

（ただ、ちょっと予想外なのは成長力ね……。ちょっと恋愛レッスンしただけで小岩井さんから『いいねポイント』を勝ち取るなんて思わなかったわ）

いわゆるギャル系である小岩井さんは、他人との距離感が近い人だけど、思ったことをバシバシとはっきり言う人でもある。

女子緊張症を抱えて挑むにはちょっとハードルが高いかと思ったけど、久我君はそれを一発で成し遂げてみせた。

（元々ポテンシャルはあったけど、この分だとFランクを脱出するのは十分可能かもね。なにより、本人が真面目でひたむきだから）

久我君は恋愛はとても綺麗で眩しいものだと捉えていて、無垢に憧れている。

だからこそ、その焦がれた目標への意欲が凄い。

（私もそうだったわね……）

中学でコイカツアプリが導入されるまで、私も同じように恋愛に憧れていた。

少女漫画に出てくるようなキラキラした甘い恋を、ごく純粋に夢見ていた。

彼氏ができたらどうしようとか、付き合うってどんな感じなんだろうとか、そんなことばかりをドキドキしながら考えていて――

「……頑張ってね久我君」

恋のスタートラインに立つために走り出した彼に、私はエールを送った。

ああいう純粋な男の子には……憧れのままに素敵な恋をして欲しいと、心からそう思う。

Love Ranking

Chapter 6

六章

もし、星ノ瀬さんが彼氏を作るとしたら

いつもと同じ教室の、同じ光景。

特に主だった変化はないはずなのに、以前とはちょっと違って見える。

けどおそらく、変わったのは周りじゃなくて俺だ。

恋愛レッスンを受けるようになって恋活に向き合うようになったからこそ、視点に変化が生じているのだ。

(なんというか……自分のことで悩む時間が減ったな。それと、今まで聞き流してた教室の恋愛話も、以前より興味が持てるようになった)

ふと昼休みの教室を見渡すと、今日もまたあちこちで恋愛の話題に花が咲いている。おそらく、どこの学校でもそうなのだろう。

「ねーさ、聞いてよ！　サッカー部の先輩から交際申請が来たの！　Dランクの私なんかでいいのかなーとか思ったけど、すぐにOKしちゃった！」

「え、あのBランクの!?　ちょ、気を付けなよ。ランクに差があると見下されちゃうケースが多いらしいし、遊ばれるだけかもよ？」

「ひ、ひいい！　ランキングの順位が下がってDランクからEランクになってる……！　うわあああああ！　もうお終いだああああ！」

「はは、ご愁傷様だなオイ！　その点俺なんか、なんとCランクに上がっちゃったんだよなこれが！　いやー、モテすぎちゃって辛いわー！」

（やっぱり、どっちかと言うと女子より男子の方がガツガツしてるよな）

恋人を作りたいという欲は、女子よりも男子が強いように思える。

しかし、よほどのイケメンでもない限り、黙っていても女子が寄ってくるなんてことはあり得ない。

なので、女子から好意を抱かれるための努力やアタックが必須となる。

（さらに恋愛ランキングのランク問題がな……低くなると女子に相手してもらえなくなるから、みんな順位とランクには敏感だ）

女子の場合は、たとえFランクだろうと交際ができないわけじゃない。

上位ランクの高嶺の花より低ランクの付き合いやすい子——そう考える男子はそれなりに多いからだ。

ただFランク男子にそんな需要はなく、ただただ恋愛から隔絶されるだけの最下層と化してしまっている。俺がFランク脱出を目標としているのも、この辺の理由が大きい。

（ま、とはいえ大多数の男子はF～Cの範疇にいるけどな。いくらコイカツアプリで交際が簡単になったと言っても、付き合いまくれる奴なんてBランク以上の一部だろ）

そういう人気の男子——星ノ瀬さん曰く『魅力がわかりやすい人』以外の男子の恋活は、やはり地道なコミュニケーションが基本となる。

恋愛授業や学校行事などの交流チャンスで好感を得る、部活や委員会などのコミュニティ活動を頑張る、ちょっとした親切や善行を積み重ねる……とまあ、色々と頑張らないといけない。

そうやって『いいねポイント』を集め、恋愛ランキングの順位を上げると交際申請の成功率もどんどん上昇するからだ。

(そういう活動を諦めたり、疲れ切ったりした奴がどんどんランクを落としてやがてFランクに落ちてくる。こうなると、這い上がるのは難しいんだよな)

そんな感じで自然とランクはある程度固定化され、Aランクはずっと Aランクのまま、Fランクはずっと Fランクのままというように変動は小さくなる。

(だからこそ、Fランクの俺が大きく順位を登るなんて難しいことだけど……ま、決めたことだし頑張るしかないわな)

そんなことをぼんやりと考えていると——

「星ノ瀬さん、この間は女子会の調整ありがとね！　カラオケ屋も綺麗でスイーツのお店選びもすっごく良かったよ！」

「星ノ瀬さんって本当に頼りになるよね！　あ、この間はノートを貸してくれてありがとう！　おかげで助かったよ！」

　俺の意識を引く名前が聞こえてきて、反射的に視線を向ける。

　するとそこには、何人もの女子が星ノ瀬さんを囲んでいるのが見えた。

「うんうん、みんなにそう言ってもらえて良かったわ！　まあスイーツ店は、私が食べたいお店を選んだだけだけどね！」

　笑顔でそう言う星ノ瀬さんに、周囲の女子が可笑（おか）しそうに笑う。

　その光景が語る通り、星ノ瀬さんは今日もクラスの中心にいた。

　学級委員であることも手伝っているが、彼女は男子のみならず女子からも人気がある。

　それもランキング一位の威光でまとめているのではなく、あくまで悩みを聞いたり助けとなったりすることによって皆から愛されている。

　リーダーやカリスマとはちょっと違う、アイドルのような存在として。

（でも……やっぱり家とは感じが違うな……）

　プライベートでの星ノ瀬さんは、もう少し砕けているというか……やや子どもっぽい感じで、背負う荷物を下ろして身を軽くしているような雰囲気だった。

　ちょっとそそっかしい面も含めて俺は家での星ノ瀬さんを好ましいと思うが、学校ではそこら辺を隠しているような印象を受ける。

（それに……あんなにいっぱい友達がいるのに、一人暮らしの悩みを誰にも相談しなかったのはどういう訳なんだ？）

　それは、協力契約を結んでからずっと不思議に思っていたことだった。

星ノ瀬さんが言えば、助けてくれる人なんて俺以外にも数え切れないくらいいるだろうに……。

「錬士、なにぼーっとしてんだ？」

「あ、いや……」

踏み入ったことを考えていると、席の後ろから俊郎が話しかけてきた。

「ああ、星ノ瀬さんか？　いつ見ても凄い美人だよな。おまけに相手のランクを気にしないで接してくれるんだから、ファンが多いのもわかるよなー。貧民にも分け隔てなく優しい貴族令嬢って感じだわ」

「……ああ。男子だけじゃなくて、女子にも好かれるって凄いことだよな」

「確かにな。女子って男子以上にランキングのマウントが凄くて、高ランクになると妙な逆恨みも多いっていうし、あんなに同性から好かれるランキング一位ってのは奇跡かもしれん」

女子のマウント合戦は男子たる俺には想像するしかないが、確かになかなかエグい事態に発展することもあるという。

友達同士でも、お互いのランク差によって仲違いするケースもあるという。

「でもその反面、身持ちは城塞みたいにカッチカチで、男のアタックは完全シャットアウトらしいな。ま、そもそも本人が彼氏作らない宣言してるんだから当然っちゃ当然だけど」

「…………」

それは俺も知っている。というか、この学校では有名なことだった。

どんな男子でも選び放題であろう星ノ瀬さんは、しかし彼氏は作らないと宣言して交際申請の全てを断っている。

その理由は、『今は彼氏を作りたいと思わないから』らしいが――

（…………あれ？）

その誰でも知っている事実を再認識した瞬間、俺は奇妙な安堵を得ていた。

何故そんな感情を覚えるのか自分でも理解できず、目を瞬かせてしまう。

「お、なんだ？　もしかして錬士は星ノ瀬さん狙いか？　いや、凄いなお前。竹槍で戦闘機落とす覚悟ってか」

「ち、違うっての！　というか誰が竹槍だ⁉」

いや、恋愛的武力を換算するとそのくらいの戦力差があるのは事実だけど……！

「照れるなって、叶わなくても燃えちまうのが本当の恋ってもんだろ？　いや漫画の台詞だから実際どうか知らんけど。ま、過激なファンも多いからその辺は気をつけろよー」

俊郎は好き勝手言ってケラケラと笑い、何か着信でもあったのか手元のスマホに目を落とした。

まったくこいつは……俺を気にかけてくれているのか、からかいたいだけなのか。

（星ノ瀬さんを熱っぽい目で見ている男子が多いなんて、俺だってよく知っているっての）

そう胸中で呟いたその時に、少し離れたところで固まっている男子たちの雑談が聞こえてきた。

「はー、やっぱ星ノ瀬さんはレベル違うわぁ。同じクラスになれてマジ目の保養」

「俺、記念に交際申請しとこうかな。というか、俺ならワンチャンあるかも」

「あるかよバカ。BランクやAランクが言い寄ってもダメなんだぞ」

「まあでも、難攻不落のランキング一位を落とせたらメチャクチャ気分いいだろうな。つーわけで、俺もダメ元で交際申請しとくわ」

（……っ）

最後にとある男子が言った言葉により、俺の胸に突如として激しい苛立ちが溢れた。

（気分がいいって何だよ……っ！　大体、交際申請する時にはランキングの順位じゃなくてその人のことを見ろっての！　ブランドもののバッグじゃないんだぞ！）

自分でも予想外なほどに燃え盛った怒りが、強く胸を焦がす。

ともすれば、その発言をした男子の胸ぐらを掴み上げたくなるほどに。

（くそ……星ノ瀬さん自身は相手の肩書きじゃなくて人となりを見ることができる人なのに、あんな恋愛ランキングしか見てない奴からも交際申請が来るのか）

その事実が、俺を何ともイライラした気分にさせる。

どんな動機で交際申請しても自由だとわかっていても、胸に渦巻く苛立ちは激しくなる一方だった。

（もし、星ノ瀬さんが彼氏を作るとしたら……）

それは、彼女の表面的なことや肩書きのブランドに目が眩んだ奴じゃなくて、彼女の内面に惚れ込んだ人であってほしい。

星ノ瀬さんの素晴らしい人となりを知る俺だからこそ――そう強く思わずにはいられなかった。

「じゃ、じゃあ始めるわね久我君。本当に私ったら経験がなくて……ちゃんとリードしてくれたら嬉しいかな」

「あ、ああもちろんだ。今日はそれが目的なんだからな」

土曜日の昼。

俺は緊張に震える声で、隣に佇む星ノ瀬さんに言葉を返した。

今のこの状況は、俺の人生でも有数に特異だった。

星ノ瀬さんと休日に会っているだけでもとてつもない大ごとなのに――

その場所が、一人暮らしの俺の家なのだから。

（しかも……）

その日の星ノ瀬さんの姿は、とても新鮮だった。

カジュアルな私服姿の上にストライプのエプロンを纏い、長い髪は邪魔にならないように結い上げている。

清楚(せいそ)な美少女の家庭的な姿はやはり目を瞠(みは)るものがあり、今のこの状況がますます夢なのではないかと思えてしまう。

(落ち着け……落ち着け俺……！　これは単なる家事指導の一環で、俺は今から星ノ瀬さんに料理を教えるだけだ！)

先日の恋愛授業で会話実習があったあとも、星ノ瀬さんは何度か俺に恋愛レッスンを実施してくれた。

その内容はお互いの顔を見つめ合うという基礎トレーニングから始まり、さらなる会話のコツなど色々あったが、相変わらずためになることばかりだった。

そのため、俺もさらなる家事指導をすべく料理の練習会を開くことを星ノ瀬さんに提案したのだが――

(俺の部屋での開催になるのはちょっと予定外だったな。まあ、調理器具や調味料やらが星ノ瀬さんの家より揃(そろ)ってるからって理由だけど……)

つい先程、星ノ瀬さんを家へ迎え入れた時は、心臓が口から飛び出そうなほどに緊張していた。

彼女を家に招くのはこれで二度目だが、前回は行き場のなくなった星ノ瀬さんに一時の場所を提供するという人道的な理由があった。

けど今日は『契約』のためとはいえ、俺から星ノ瀬さんを自宅に招いたことになる。

女子緊張症の俺じゃなくても心臓が破裂するシチュエーションだろう。

（あれ、よく考えたら家事指導ってどっちかの家でやるしかなくないか？　もしかして、俺ってこれから指導のたびに星ノ瀬さんの家に行ったりこうして家に招いたりしないといけないのか……!?）

俺がその事実に戦慄（せんりつ）している間に、星ノ瀬さんは準備を終えて台所のまな板に向き合っていた。

料理指導とは言うがやることは至ってシンプルで、昼食用のレシピと食材を用意してそれを星ノ瀬さんの手で完成させるというプランだ。

ダメなところがあったらそのたびに是正していく――そういう方針である。

「そ、それじゃ……やってみるわ！」

「ああ、始め――ん？」

俺は、思わず目を丸くした。

星ノ瀬さんは気合いの入った面持ちで包丁を持ち、人参が乗ったまな板を注視している。

それは別に問題ないのだが――

なぜ彼女は包丁を両手で握っているのか？

そして何故、人参を親の敵のように見つめたまま、刀よろしく包丁を大上段に振り上げているのか？

「せーのっ……！」

「ストォォォォォオオッップ！」

叫びつつ、俺は咄嗟に星ノ瀬さんの腕を背後から摑んで止めた。

「ひゃ、ひゃあっ⁉　ちょ、どうしたの久我君⁉」

「それはこっちの台詞だよ！　包丁を振り上げたら危ないだろ！」

「え？　でもこんなに太い人参だと、このくらい勢いをつけないと切れなくない？」

「そんな薪割りみたいなフォームじゃなくても十分切れ──あっ」

不思議そうに呟く彼女にツッコんでいると、ふと自分が星ノ瀬さんの両腕を握りっぱなしであることに気付く。

柔らかな腕の感触が伝わると同時に、彼女に限りなく密着していることにより、甘い女の子の香りも強く感じてしまい──

元から免疫ゼロの俺の脳は、一瞬で飽和してしまった。

「え、ちょ、久我君⁉　なんか気絶しかけてない⁉　女の子に触っただけでオーバーヒートってどれだけピュアなの⁉」

遠くなっていく意識を懸命に維持する俺に、星ノ瀬さんの焦った声がどこか遠くから聞こえるような気がした。

まあ、そんな出だしから──料理指導は始まったのだった。

「手ぇ！　手が危ないって！　基本は猫の手！　包丁で切る所に指を置かないでくれ！」

「え、ええ、わかったわ！　って、ひぃぃぃ⁉　つ、爪の先っちょが切れちゃったぁ⁉」

料理指導のメニューはある程度簡単なものを選んだつもりなのだが、俺はその見積もりが甘かったことを痛烈に思い知らされた。

「さ、さて次はお肉に片栗粉を……って、ぶふぉっ⁉　こ、粉がすっごく宙を舞って……！　げほっげほっぼふぇ！」

本人の名誉のためにあまり直截な言葉は使いたくないが、星ノ瀬さんはなんかもう不器用とかそういうレベルではなかった。

おかげで星ノ瀬さんを自宅に招いた気恥ずかしさと緊張など頭から吹っ飛んでおり、今はただこの家事指導を無事に終わらせるべく神経を集中させている。

「う、うう、ごめんね久我君……。私ってばこんなんだから、いつもレトルトばっかりで……」

「いいや、全然大丈夫だ。むしろやり応えがあって、役に立ててるって実感があるしな！」

「それって、暗に私が想像以上にダメダメだって言ってない⁉」

頭の一部に片栗粉をかぶった星ノ瀬さんが涙目で叫ぶが、俺は曖昧(あいまい)な笑みでスルーするしかなかった。

世の中、いくら事実であろうと声に出して言ってはいけないこともあるのだ。

まあ、そんなこんなでなんとか料理は進んでいった。

問題点を見つけて是正する、なんてプランは問題点が多すぎてほぼ崩壊していたが、それでも多大な時間と犠牲を払ってゴールへと近づいていったのである。

「お、おぉ、おおおおお……！」

テーブルで湯気を立てる料理を見て、俺は思わず感極まった声を出してしまった。

そこに並ぶのは、肉野菜炒め、味噌汁、白米、ナスのおひたしという普通の定食なのだが……そこに至るまでの軌跡を思うと俺は感動すら覚えてしまった。

「で、できた……！　できたわ久我君！　な、なんだか涙出てきた……！」

「ああ、よく頑張ったな星ノ瀬さん……！　本当に偉いぞ！」

まるでフルマラソンを完走したようなテンションで、俺たちはお互いの奮闘を称え合う。

何せ、ここまでが遠い道のりだったのだ。

星ノ瀬さんが片栗粉をぶちまけたり（調理を中断して台所を掃除した）、全部の野菜を同時にフライパンに入れたり（火の通りにくい人参だけ取り出して電子レンジにかけた）、『少々』の塩をドバっと入れてしまったり（急遽具材を足して塩分を薄めた）……まあその他色々だ。

「す、凄くまともな見た目になったわ……！　なんかもう夢みたい！」

自分が作った料理をキラキラした瞳で見つめる星ノ瀬さんに苦笑しつつ、俺は出来上がった料理を配膳する。

　そうして、俺たちは遅めのランチタイムになったのだが……。

「う、ウソ……美味しい……。これ本当に私が作ったの……？」

　肉野菜炒め（顆粒コンソメ味）を一口食べた星ノ瀬さんは、感激を露わにした。

　かなり衝撃を受けている様子で、若干箸を持つ手が震えている。

「う、うう……！　初めてまともに料理が成功したわ……！　焦げた卵焼きとか、ドロドロのパスタとか、海水みたいにしょっぱい味噌汁とかばっかり作ってた私が……！」

「そ、そうか……」

　どうやら今まで結構な絶望を積み上げていたようで、星ノ瀬さんは感極まって瞳に涙すら溜めていた。

「いやもう本当にありがとう！　まあ、今日は久我君がつきっきりだったからできたことだけど、私でもちゃんとレシピ通りに作ればまともなゴールに行き着くんだって証明できたわ！」

「そっか、自信がついたのなら良かった」

　最初の一歩を踏み出せた喜びにひたる星ノ瀬さんを見ると、こちらとしても嬉しくなってしまう。

　星ノ瀬さんの力になれたことは、俺にとっても快いことだから。

「私ね、実はちょっと自分に絶望していたの。せっかく意気込んで一人暮らしを始めたのに、まさか、自分にここまで家事の才能がないとは想像してなくて」

まあ確かに、星ノ瀬さんに家事の才能があるとはお世辞にも言いがたい。

笑い話のようだが、実際一人暮らしだと困るだろう。

「だから、久我君の協力には本当に感謝してるわ。これで、これからの生活にかなり希望が持てたから。こんな自分でもちゃんとできるかもしれないと思えるのって、とっても嬉しいことなんだなって」

言って、星ノ瀬さんは深々と頭を下げた。

こんな俺に、本気で謝意を示してくれていた。

だけどそれは、俺こそが星ノ瀬さんに言いたいことだった。

「それは……俺も同じだよ」

気付けば、それに応えるように俺の口は勝手に開いていた。

「絶望的に向いてないって思ってたことが、少しずつできるようになるのが嬉しい。こんな自分でもちゃんとできるかもしれない……そう思えるのが、俺も凄く嬉しいんだ」

「そっか。なら……私たちって本当にいい協力関係を結べたわね」

俺の心からの言葉を聞いて、星ノ瀬さんは嬉しそうに微笑んだ。

「お互いが、お互いの欠けているところを補って、できなかったことをできるようにしていける……うん、私たちって相性がとってもいいんじゃない？」

（ぶふっ……！）

それは、ただ協力者としての好意と感謝の念のみがある言葉で、他意がないのはわかっていた。

だがそれでも、星ノ瀬さんのような美少女に『相性がいい』などと言われて男心に波が立たないはずもなく——俺の頬は自然と赤みがさしてしまっていた。

「ごちそうさま！　うーん、自分で作ったごはんだとありがたさが違うわね！　ご飯粒一つ残さず食べちゃったわ！」

「俺もごちそうさま。凄く美味しかったよ」

すこぶる上機嫌な星ノ瀬さんを眺めながら、俺は彼女に料理の成功体験を与えるというミッションをクリアできたことに安堵(あんど)していた。

(うん、お世辞抜きで美味かったな星ノ瀬さんの料理……あれ？)

自分が食材とレシピを用意したためそういう意識が薄かったが、ふと今自分が食べたものの価値に気付き、俺はほのかに顔を赤らめた。

そ、そうだこれ……！　紛れもなく星ノ瀬さんの手料理じゃんか！

「？　どうしたの久我君？　なんだか顔が赤いけど」

「い、いや……別になんでもない」

それを今更言い出すのは変に意識しているみたいになりそうだったので、俺は適当に誤魔化した。

しかし、星ノ瀬さんの手料理か……学校にいる熱烈なファン連中なら万札を出してでも食いたいもんだろうな。

「ふー、それにしても久我君の家って本当に片付いてるわね。いつ見ても自信を失っちゃいそ……あれ？」

部屋を見渡していた星ノ瀬さんは不意に席を立ち、部屋の隅にあるチェスト上に飾っているものをしげしげと眺めた。

それは、実家からここに越してくる際に、親から『あんたのものなんだから』と言われて持ってきたものだった。

「ええと……これ、賞状？　『第二十七回ブロックトイ大会小学生の部　特別賞』って、えっ、この写真に写ってる作品って久我君が作ったの⁉　すごっ！」

星ノ瀬さんの眺めている写真には、当時の俺がブロック玩具（おもちゃ）で作った真っ赤な竜が写っていた。当時はファンタジーアニメなどが好きだった影響なのだが、好きなものだったからこそ熱を込められたのだと思う。

「ああ、九歳くらいの時にそれに凄いハマっててさ、親が大会に出してくれたんだ。ギリギリの入賞だったけどいい思い出になったよ」

「へぇー、こんな特技が……て、他にもある？　『第十回市民絵画コンクール幼児の部審査員賞』……こっちは『第八回クラッシュブラザーズスペシャル県大会中学生個人の部一五位』……え、な、なんか多趣味かつどれも上手かったのね？」

「あー、なんか俺って昔から強く興味を持つと一直線なタチで、どのジャンルでもプロの動画とか見て研究ノートを作ったり、ずっと遅くまで飽きずに練習してたりしたからな。大体の趣味は、そこそこのところまではいくんだ」

親によると物心つく前からそうだったらしく、『これ好き！』『これを頑張りたい！』となったらその趣味に対してド真面目に取り組む傾向があったそうだ。

なお現在の主な趣味である料理も、その傾向がある。

プロの料理動画は欠かさず見てるし、試作もかなりのハイペースで行っている。

「……ねえ、久我君。もしかしてだけど」

「うん？」

「今、久我君って恋愛のことを学び始めたじゃない？　まさかそれも……ノート取ったり一人で練習したりしてるの？」

「ああ、毎日してるぞ」

「してるのっ⁉　毎日⁉」

俺としてはそんなに変なことを言ったつもりはなかったが、星ノ瀬さんは驚きに目を丸くしていた。

普通、本気でやりたくなったことって、部活みたいに分析と練習に明け暮れるもんじゃないか？

「星ノ瀬さんから教えてもらったことや気付いたことはノートにまとめて、俺一人でも会話なんかの練習は繰り返してる。効果があるかはわからないけど、やらないよりマシかと思ってさ」

「な、なるほど……なんで久我君があんなに短期間で女子との会話力がアップしたのか、わかったような気がするわ……」

なんとも複雑な表情で、星ノ瀬さんが言う。

なんだか、褒められつつも呆れられてるような感じだった。

「まあ、でもそれくらい向上心があったほうが先生としては嬉しいわね。ちょっと今度そのノートを見せて――あら？」

そこで、テーブルの上に置いていた星ノ瀬さんのスマホが振動してメッセージを画面上に表示してきた。

その内容は――

『あなたへの交際申請が届きました』

「……っ！」

俺のスマホには出てきたことがない、異性からのアプローチ。

現代で極めて簡略化された恋の告白が、星ノ瀬さんのスマホに届いたのだ。

「あ、えと……」

それは、別に驚くに値しないことのはずだった。

星ノ瀬さんは学校における恋愛ランキング一位の女子で、交際申請が山のように来ているなんて誰もが知っていることだ。

であるのに、何故か俺はやたらと動揺していた。

腹の下あたりが締め付けられるような感覚を覚え、何故かひどく焦ってうろたえてしまっている。

「あ、来ちゃったのね。ごめん、ちょっと対応するわ」

動揺している俺とは対照的に、星ノ瀬さんの対応は実に簡素だった。

交際申請の内容を一読し、指を一回タップさせただけでスマホから手を離したのだ。

「ふう、お断り完了っと。こういうのは送られても応えられないって言ってるけど、やっぱり多いわね……」

「そ、そんなに多いのか？　いや、俺とか交際申し込まれたことないから、何件なら多いっていうのかわかんないけど」

俺の非モテ丸出しの言葉に、星ノ瀬さんは苦笑しつつ答えてくれた。

「ええ、毎日山のように来るわけじゃないけど、ある程度の間隔でポッポッとね。まあ、大半はコメントもなしの冷やかし半分な感じだけど」

「……そんなノリが軽い交際申請も多いんだな」

先日、クラスで星ノ瀬さんのことを話していた男子たちを思い出す。

アプリで簡単に交際申請ができる今は、『ワンチャンあるかも』『言うだけならタダだしダメ元』みたいな軽いノリの告白も多い。

「ええ、でもむしろそっちの方がマシなの。何も考えずにさっとお断りできるからね。でも……」

星ノ瀬さんは誰をも魅了する綺麗な顔を、苦みに耐えるように曇らせた。

「中には真面目なメッセージ付きの交際申請を送ってくる人もいて、そういう人を断る時は流石に罪悪感が湧くわね。彼氏は作らないって、一応宣言はしてるけど」

「それは……交際申請してきた男子に好みのタイプがいないってことじゃなくて、誰であろうと絶対にお断りしてるってことなのか？」

「…………うん、そんなところ」

星ノ瀬さんは力のない声で肯定する。

その表情にはいつもの快活さはなく、重苦しいものを抱えているかのように暗く沈んでしまっていた。

ふと、俺はその心に触れてみたいと思った。

いつも明るくて優しいこの女の子のことを、もっと知りたい。

今彼女の心に負荷をかけている悩みや痛みを知り、彼女の心を理解したい。

だけど――

「そっか、ところで次の家事指導だけどさ。次回も料理でいこうと思う」

「え？」

俺から唐突に別の話題を振られ、星ノ瀬さんは目を丸くした。

「包丁も練習が必要だけど、もっと一人暮らしで即使えるような電子レンジ料理とかがいいかな。……ん、どうした？」

「え、いや……聞かれるかなって思ったから」

驚きを滲ませた表情で、星ノ瀬さんは続ける。

「その、この手の話になると、女子からも男子からも『どうして彼氏を作らないの』って、ほぼ確実に聞かれるの。だからちょっと意外で……」

「ああ、俺も気にならないって言えば嘘になるよ。けど――」

それを知りたいと思う気持ちは、交流が皆無だった以前よりも今の方が強い。

近しくなったからこそ、もっと相手の内面が知りたくなるものだ。

だがまあ、俺だっていつまでも異性との会話力がゼロの男じゃないのだ。

「星ノ瀬さんが恋愛レッスンで教えてくれただろ。色々と会話のテクはあっても、結局一番大事なのは、相手のことを考えて話すことだって」

それは当たり前のことなのだが、女子との会話という緊張状態の中では忘れがちになってしまう。

つい前のめりになって話してしまったり、相手のことをよく知ろうとして踏み込みすぎてしまうこともある。

「彼氏を作らない件については、星ノ瀬さんにとって気分がいい話じゃないんだろ？　だったら、もっと楽しい話をした方がいいだろ」

「………」

他ならぬ星ノ瀬さんの教えに基づいてそう言うと、星ノ瀬さんは虚を突かれたような顔でしばし沈黙する。

「……こんな感じでどうかな、星ノ瀬先生」

「ぶふっ……！」

出来の悪い生徒の解答としてどうかと俺がおどけて言うと、星ノ瀬さんは盛大に噴き出した。

「もう……本当に急成長してるわね久我君。ここで雰囲気を変えるジョークとか言えるのはなかなかポイント高いわ」

「先生がいいんだよ。もし俺が普通に彼女が作れるようになったら、本とか書かないか？『Fランク男をモテモテにした現役ＪＫの恋愛レッスン』みたいな」

「ぷっ……！　あは、あははは！　ちょ、やめてってばもう！　お腹よじれちゃう！」

俺の物言いがそんなに面白かったのか、星ノ瀬さんは実に可笑しそうに笑う。

重苦しいものを呑んだような表情はなく、ただ笑いをこらえきれないという様子で。

(良かった。ちょっとは元気出たな)

その様に俺は密かに安堵する。

太陽みたいに明るい星ノ瀬さんには、陰りのある表情なんて似合わないと思うから。

（けど、ま……本当は知りたいんだよな）

この時代は恋愛が推奨され、恋愛強者が褒め称えられる。

そんな中で——こんなにも綺麗で愛らしく、どんな恋でも思うがままであるはずの星ノ瀬さんが恋愛を遠ざける理由。

それは一体——何なのだろう？

七章

地味女子との恋愛実習

Love Ranking

Chapter 7

人間の慣れとは恐ろしいもので、俺は女子緊張症の克服までには至らずとも、星ノ瀬愛理という少女の存在にはかなり耐性がつきつつあった。

ただ、それでもやはり顔を突き合わせれば胸の鼓動が速くなったり、顔から火が出そうになる感覚までは治まらない。

そう特に——こうして資料室で二人っきりになって、恋愛レッスンを受けている時なんかは特にだ。

「さて、次の目標は次回の恋愛実習ね。これまたペアになった女子と上手く交流して、お互いを満足させたら成功ってことで」

「あ、ああ……それはいいんだけどさ星ノ瀬さん。昼休みに俺といて大丈夫なのか……？」

そう、現在は昼休みであり、この資料室周辺はほとんどひと気がないとはいえ、人の通りは放課後に比べれば多い。

星ノ瀬さんに『今日は昼休みにレッスンね！　お弁当を食べたら資料室に集合！』と言われてやってきたのだが、万が一俺と密室にいるところを誰かに目撃されたら、要らぬ詮索や悪評の元になるかも……。

「まあ、その時は私の方で上手く誤魔化しておくから。ちょっと今日は放課後に用事が入っちゃって、中々時間がなかったの」

「そ、そっか。まあ、俺は全然大丈夫だけどさ」

そもそも、毎回放課後にガッツリと時間を割いてくれているのがサービスよすぎだと思う。

「で、次の恋愛実習って『チャット』なのよね。コイカツアプリの練習モードでペアを一時的に交際中状態にして、アプリ内のチャット機能で話すの」

「ああ、あれかぁ……正直苦手だな。何を書いていいのかわかんなくなっちゃうし」

恋愛授業で習ったが、会話と比べてチャットによるコミュニケーションは難しいとされている。相手の表情や声のトーンなどから情報を引き出せず、文字だけで相手の気持ちを推し量る必要があるからだ。

「という訳でその練習がしたいから、私個人のメッセＩＤを教えるわね。登録してくれるかしら」

「ああ、わかった。……よし登録できたぞ」

『メッセ』とは、日本中に普及しているチャットアプリだ。

広く交友関係を得るために皆に自分のＩＤを公開する生徒もいるが、基本的に女子から男子にホイホイと教えるものではない。

（…………ん？）

星ノ瀬さんに言われるままにごく自然にメッセの登録を済ませた俺だが、今自分が何をしたか遅れて理解が及び、ぶわりと汗が噴き出た。

（え、え……!? ほ、星ノ瀬さんのプライベートなメッセＩＤ!?）

コイカツアプリにも通話機能・チャット機能はあるが、それは交際している者同士の限定機能だ。

だからこそ、メッセＩＤを教えるという行為の意味は重い。

部活内などで気軽に教え合うこともままあるが、特にグループを同じくしてない男女が連絡先を教え合うということは、少なくとも友達以上の関係という意味合いになる。

い、いや、落ち着け！ 勝手に舞い上がるな！

星ノ瀬さんにとって、きっとこんなのは特別なことじゃないんだ！

「えっと、その……俺が知らないだけで、星ノ瀬さんって、みんなにメッセのＩＤを公開してたりするのか……？」

「へ？ いや、そんなことしてないわよ。というか、男子にメッセのＩＤ教えたのはこれが初めてで――あ」

俺がおずおずと尋ねると、星ノ瀬さんはぴたっと動きを止め――

（か、顔を赤くしてプルプルしてる……！ さ、さては俺への指導のために何も考えずにＩＤを教えてしまって、今その意味に気付いたな！）

星ノ瀬さんのポンコツな面がどうやらプライベート以外でも炸裂してしまったらしく、なんとも気の毒な状態になっていた。

「……えと、登録は消しておこうか」

「い、いいから！　それがないとチャットの指導ができないし、必要なことよ！」

俺は気を遣ってそう申し出るが、星ノ瀬さんは照れ隠しをするように大きな声で却下した。恋愛女王たる星ノ瀬さんなら、男子にメッセＩＤを教えたことなんて何度もあるだろうと思ったが……この反応を見るにどうも本当に初めてらしい。

「た、ただし！　絶対に他人に漏らしちゃダメだから！」

「あ、ああ。それはもちろん秘密にする」

というか、こんな最重要機密を俺が知っているなどと言ったら、俺はクラス中の男子から吊されて詰問を受けてしまうだろう。

冗談抜きで、俺へ買収や強奪を試みる輩が出てきそうだ。

「そこは絶対守ってね！　私のＩＤを知ってる男子は久我君だけってことでお願い！」

（ぶほぉ……！）

おそらく無意識なのだろうが、『私のＩＤを知ってる男子は久我君だけ』という凄まじく男心を揺さぶる一言により、俺のピュアなマインドはヘビーな右ストレートを食らったかのごとく吹き飛ばされたのだった。

星ノ瀬さんとメッセＩＤを交換したその日の夜——

俺は自宅のベッドで、ひどく落ち着かない気持ちを抱えたままスマホを凝視していた。

（く、くそ……こんなに心臓がバクバク鳴ってる夜は初めてだ……）

俺が今ドキドキしながら待っているのは、星ノ瀬さんからのメッセだった。

今日の昼休みのメッセＩＤ交換の後——

次回の恋愛実習の内容であるチャット会話練習として、星ノ瀬さんは『さっそく今夜メッセを送るわね！』と夜の在宅授業を俺に宣言したのだ。

それはもちろんありがたいことなのだが……。

（う、うおお、緊張する……！　ま、まさか女の子との初メッセが星ノ瀬さんになるなんて……！）

正直、午後の授業中も星ノ瀬さんからのメッセのことで頭がいっぱいであり、他のことに手がつかない状態だった。

プライベート時間に女の子から連絡がくるということは、俺にとってそれくらい衝撃的すぎることなのだ。

そんな感じで俺がベッドに腰掛けて落ち着かない時間を過ごしていると——不意に手元のスマホからポンっと着信音が鳴った。

「！　き、来た……！」

星ノ瀬＞『こんばんは！　待った？』

ポップな絵文字とともに星ノ瀬さんからのメッセージが着信し、俺は慌てて返事を打つ。

ええと、とりあえず――

久我＞『ああ、こんばんは。待ってたよ』

（ぐ、我ながら初っぱなからなんて面白みのない文を……）

もっとウイットに富んだ挨拶をしたかったのだが、結局文字になったのはそんな無味乾燥な挨拶だった。

星ノ瀬＞『そう？　で、ところでどう？』

星ノ瀬＞『私の顔は見えない訳だけどいつもの女の子への緊張はある？』

久我＞『対面よりマシだけど、スマホの先に相手がいるんだし普通に緊張する。特に相手の顔が見えないのがなんか怖い』

星ノ瀬＞『そうそう、それが難しいとこなのよね』

星ノ瀬＞『相手の表情を確認できないから、自分の言葉への反応が確認できないし』

ポンポンと効果音とともにやってくるメッセージに、俺は星ノ瀬さんを待たせないように懸命に返信する。

このスピードについていくことからして、すでに結構大変である。

星ノ瀬＞『じゃ、早速お話ししましょうか！』

星ノ瀬＞『そうね、久我君は昨日の放課後何してたの？』

（昨日の放課後か……割と忙しい感じだったな）

俺の過ごした時間なんて面白い点があるのかわからないが、とにかく話してみないと始まらない。じゃあ、ちょっと時系列順に書くか。

久我＞『そうだな。昨日はまずスーパーがタイムセールだったから山のように豚挽肉（ひきにく）を買ってきたよ。それから帰ったらひたすらそれの料理だな。豚つくねを作っては冷凍し、作っては冷凍し、めんどい時のストックを大量生産してた。その後は友達に誘われてずっとゲームやってたな。イカのキャラがペンキを打ち合うゲームなんだけど俺は結構得意でさ』

星ノ瀬＞『ストォォォップ！　ひたすら喋（しゃべ）っちゃダメだから！』

「え……」

お叱りのメッセージとともに、ペンギンが可愛く憤慨しているスタンプが送られてきて、俺は自分が何かをやらかしてしまったのだと悟る。

星ノ瀬＞『チャットはメールじゃなくて会話なの！』

星ノ瀬＞『だから短文でポンポンとラリーさせるのが基本！』

（そ、そうだった……）

恋愛授業でも簡単なチャットアプリでの会話の指導はあったが、確かに星ノ瀬さんと同じことを言っていた。

忙しい大人の世界だとメールのように長文でチャットアプリを使うこともあるが、学生の使い方ではメッセージの応酬が基本であると。

久我＞『すまん、いきなりマナー違反やっちゃったな』

詫びのメッセージを送りつつ、俺は一抹の不安に囚われていた。

俺がまたしてもド素人な失敗をしたせいで、気を悪くしていないだろうかと。

（こんなことを考えちゃうのは、やっぱり顔が見えないからだな……）

女子緊張症の俺に対し、星ノ瀬さんはいつも笑顔でいてくれる。

あの明るくて見る者を元気付ける笑顔のおかげで、俺はなんとかガチガチになることなく星ノ瀬さんと話していられるのだ。

けどチャットだとそれがなく、ちょっとしたことでも星ノ瀬さんを怒らせたのではないかと心配になってしまう。

星ノ瀬＞『ううん、失敗するための練習なのよ！　ガンガン失敗しなきゃ！』

思わず苦笑してしまうほどに、星ノ瀬さんからのメッセージは力強くて温かい。

無機質な文字からも滲み出てくる彼女の人柄の良さと明るさが、気付けば俺の中の不安を吹き飛ばしてくれていた。

星ノ瀬＞『それじゃ、さっきの注意点を踏まえて久我君から何か話題を振ってくれる？』

久我＞『わかった』

そう返事するしかないものの、やはりこれは毎回難しい。

女の子に振るべき話題なんてそう多くはないのだが、基本的に男女のやりとりでは男性から話しかけるのが昔からのマナーらしい。
久我＞『そうだな……星ノ瀬さんは映画とか見るか？』
星ノ瀬＞『お、基本だけどなかなかいい話題ね』
星ノ瀬＞『ええ、もちろん見るけど久我君はどんなの見てるの？』
久我＞『まあ、わかりやすいガンアクション映画とかかな。筋肉ムキムキのマッチョマンが悪党をバンバン撃っていくみたいな』
星ノ瀬＞『あー、ああいうのね！　途中で絶対カーチェイスが入って、最後は敵のアジトが爆発するやつ！』
久我＞『そうそう。とにかく撃ちまくって爆発しまくるやつ。何も考えずにスカッと見れるのがいい』
俺みたいなライト勢からすれば、映画なんかわかりやすくて痛快なやつが好ましい。
俺自身がお子様なせいか、あんまり難解なのは苦手だ。
久我＞『俺はそんな感じだけど星ノ瀬さんは？』
星ノ瀬＞『私は結構色々見るわね。恋愛もサスペンスもアクションも』
星ノ瀬＞『けど、最近割と好きなのがサメ映画ね』
久我＞『サメ!?』
サメ映画とは大昔からあるジャンルで、最初は海でサメに襲われるという割と常識的なパニックホラーだったらしい。

久我君から何か話題を
振ってくれる？
わかった

だが近年のサメ映画は常識から解放された方向に突き抜けており、B級の王様みたいな立ち位置になっている。
星ノ瀬＞『そうそう、もう最近すっごいでしょサメ！』
星ノ瀬＞『空飛んだり分裂したり巨大化したり竜巻になったり！』
星ノ瀬＞『最近見た中では『ライトニングシャークVSチェーンソー三銃士』とか一周回って名作だったわ！』
久我＞『ああ、それは俺も見た。倒れた二人の遺志を継いで主人公がチェーンソー三刀流になった時は謎の感動があったな』
星ノ瀬＞『でしょ！　できたら映画館で見たいんだけど、自宅じゃないと思いっきり笑えないのが困りものなのよねー』
久我＞『最近は映画もスマホでばっかだけど、映画館もいいな。キャラメルポップコーン食べたい』
星ノ瀬＞『ふふ、でしょ？　それに映画館ってなかなかいいデートスポットなの。映画が面白いかどうかは賭けになっちゃうけど』
俺としては、やはり会話よりチャットの方が難しく感じる。
顔が見える恐怖よりも、顔が見えない恐怖の方が強く、今相手にどう思われているのか示す表情というパラメータがないのが辛い。
だがそれでも、チャットのリズムが一定になっていくほどに、返信の内容はだんだん悩まなくなっていった。

お互いの呼吸というか、会話のテンポが合っていき、その軌跡が文章という形で残るのはなんとも心地いい。

(なるほど、みんなこういう感じでチャットを楽しんでいるのか……)

練習という形で体験させてもらった、異性とのチャット。

それは自然と俺を幸せな気持ちに導いていき……メッセージのやり取りは長く続いたのだった。

ふと時計を見ると、もう夜の十時近かった。
いつの間にこんなに時間が経ったのかと驚きつつ、俺は星ノ瀬さんにお礼のメッセージを送った。
久我＞『ごめん。かなり遅くなったな。こんな時間まで指導してくれてありがとう』
星ノ瀬＞『そうね。もういい時間だしここらでお開きにしましょうか』
星ノ瀬＞『いくつか指摘したことはあったけど、なかなかいい感じだったわよ久我君』
会話練習の時もそうだったが、俺がいきなりでちゃんとチャット会話できたように見えるのも、星ノ瀬さんの誘導が上手いからだろう。

相手の自信を失わせることなく、常に明るく先に導いてくれる上手さが星ノ瀬さんにはある。

星ノ瀬＞『それじゃ、また次の練習でね。おやすみなさい久我君』

久我＞『ああ、星ノ瀬さんもおやすみなさい』

そこで、俺の人生で過去最長となったチャットは終了した。

そして――

「………」

ふと、星ノ瀬さんからの『おやすみなさい久我君』というメッセージを眺め続けている自分に気付く。

普段だとまず交わさないおやすみの挨拶。

この夜の遅い時間まで星ノ瀬さんと自分が言葉を交わしていた証拠から、不思議と目が離せない。

（ああ、なるほど……これもチャットの良さだな）

言葉の全てが記録として残り、本来ならすぐに記憶から薄れていくであろう時間を思い出すことができる。

俺はベッドに倒れ込み、チャットのログをスクロールする。

今夜交わした星ノ瀬さんとの会話を追憶し――妙に心が浮き立っている自分を不思議に感じながら。

「さて、今日の恋愛授業は、予告通りチャット実習を始めます！」

　恋愛教師である魚住（うおずみ）先生の号令の下、今回もその時間が始まった。

「いやー、こういうことを練習できていいわね君らは！　私も自分が学生の時に、気に入っている相手にメッセを送りまくったら引かれるとか教えて欲しかったんですけどぉ！」

　毎回授業ごとになにやら恨みが滲む魚住先生だが、一体何故この人が恋愛授業の教師をやっているかは大いに謎である。

　なお、以前に『先生が学生の時って大分前ですよね？　メッセとかあったんですか？』などと言ってしまった俊郎（としろう）は『スマホもメッセもあったわよ！　アラサー馬鹿にしてんのっ⁉』と恐ろしい勢いで詰め寄られていた。

「さて例によってランダムにペアを作ったから、まずお互いのペアに挨拶（あいさつ）してから男子は別室に移動してね！　時間になったらチャット開始ってことで！」

（ええと、今回の俺の相手は……葛川千穂（かずらがわちほ）……？）

　正直、その名前を聞いても相手の人物像をすぐには思い出せなかった。

　いや、もちろん同じクラスなので名前は覚えているのだが……個人的に話したこともないし印象が薄いのだ。

コイカツアプリに表示されている内容を見ると、恋愛ランキングは一六七位（女子：四一五人中）でCランクのようだが……。

「あの……」

「⁉」

誰もいないと思っていた空間から突然話しかけられて、俺は思わず悲鳴を上げてしまいそうになった。

驚きに早鐘を打つ胸を押さえつつ振り返ると、そこには一人の女子がいた。

まず彼女を見た者が抱く第一印象は、『地味』だろう。

あまり手入れしていないボサボサの髪に、大きなメガネ。

体型も小柄で、あまり目立つ感じじゃない。

さっき俺が彼女の存在に気付かなかったのは、その存在感が妙に薄かったからだ。

「久我君……ですよね？　私、ペアの葛川です。じゃあ、これで挨拶終了ということで」

「あ、ああ。よろしく頼む」

あまり感情のこもっていない声でさっと挨拶すると、葛川さんは踵を返して去っていった。事前の挨拶という先生の指示を守り、一応声をかけたという感じだ。

（う、ううむ、ほとんど接点がなかったけど、どういう女子なんだ？　なんだか会話のとっかかりが乏しい気がするんだが……）

前回ペアになったギャル女子である小岩井さんは、はっきり物を言う性格ではあったが逆に明るくてノリがいいから話を発展させやすくはあった。

だが、ああも内面の方向性がわからない場合、果たして何を話せばいいのか。

予想外の方面から難易度が上がったことに冷や汗を流しつつ、チャット実習は始まりを告げた。


空き教室に移動した俺たち男子は、さっそく各々のスマホからペアとのチャットに入っていった。

どの恋愛実習でもそうだが、女子との交流に苦労しているのは別に俺だけという訳ではなく、冷や汗を流したり凄く難しい顔をしていたりと多くの奴が四苦八苦している。

「う、ううぅぁぁ……！　お、俺のペアが星ノ瀬さんなんだけど⁉　ど、どうすりゃいいんだ錬士⁉　恐れ多すぎてビビるんだが！」

「安心しろ俊郎。星ノ瀬さんはどんな男子にでも優しい人だから、悪いことにはならない。しっかり楽しめばいい」

「なんだその推し語りみたいなの……お前、星ノ瀬さんのファンになったのか？」

うろたえまくっている友人を励ましてやるが、やはり星ノ瀬さんとあまり交流がない男子では恋愛ランキング一位という威光にビビってしまうらしい。

まあ、俺もちょっと前まではそうだったんだが。
（と、それより葛川さんのことなんだけど……なんかおかしいな。話題は振ってみたけど全然反応がない……）
とりあえず『葛川さんは休みの日とかに何をしてるんだ？』という定番中の定番であるメッセージを送ってみたのだが、もう三分くらい反応がない。
（あ、来た……って、え⁉）
やっと返ってきたメッセージを見て、俺は目を疑った。
葛川＞『時間終了までメッセージは送らないでいいです』
葛川＞『私と話しても楽しくないのでそうしてください。お願いします』
え、ちょ……！
こ、これどういうことだ⁉
久我＞『いや、待ってくれ。俺がなんかしたのか？　いくらなんでも授業なのに何もしないってのはマズいと思う』
葛川＞『そちらは何もしてません。先生には私から言っておくのでこの時間は何もしないでいいですから』
（な、なんだそれ⁉　流石にこんなのは予想してないぞ！）
訳のわからない状況に、俺は半ばパニックになる。
俺がロクに会話を進めることができずに苛立った相手の対応が雑になる――そんなこと

はよくあったが、初手から会話を拒否されたのは初めてだった。

(こ、これは……もう仕方ないよな?)

今回の実習は、星ノ瀬さんの恋愛レッスン試験第二弾になっている。

目標は前回と同じく、ペアの女子と上手く交流してお互いを満足させることなのだが……

…こうまではっきりと会話拒否されてしまってはどうしようもない。

そんな考えが頭の中を占めたその時——

(……本当にいいのかそれで?)

その時俺の脳裏に現れたのはペアの女子——葛川さんの顔だった。

彼女のことはよく知らない。

今まで接点がなかったし、普段あまり目立つ存在じゃないからだ。

けど、こうして縁があって俺たちはペアになった。

であれば、恋愛力向上を目標としている俺は、葛川さんと楽しくチャットできるようにする努力が必要なんじゃないか?

(……よし、葛川さんがどうしても嫌そうだったら諦めるけど、ダメ元でやってみるか)

そうと決めたが、そのとっかかりが難しかった。

そもそも、葛川さんが何故会話を拒否しているのかがわからない。

こういう時こそ相手の表情を見て何を考えているのか推察したいのだが、チャット実習なのでそれも無理だ。

（いや、待て……この文面……）

改めて、葛川さんから来たメッセージを確認する。

よく見れば、その中身は『あなたと話しても楽しくない』ではなく、『私と話しても楽しくないので』という文言になっている。

（あ、あー……！　なんか、わかった気がする……！）

それを急速に理解できたのは、俺が彼女と同類だったからだ。

以前の俺はどう頑張ってもしどろもどろにしか話せず、『俺なんか放っておいてくれ』『どうせ上手く話せないんだから勘弁してくれ』という怯えに満ちており、実習という苦痛の時間をやり過ごそうとしていた。

（きっと、それと同じなんだ。葛川さんも恋愛実習が嫌いで、だから会話自体を拒否している）

この予想が当たっていた場合、かなりハードルは高くなる。

男子と交流したくない女子を、どうやって楽しませればいいのか？

苦悩する俺の脳裏をよぎったのは、星ノ瀬さんの言葉だった。

『いい、久我君。会話を流れに乗せるには、相手が好むことを探ることよ。人間は、自分の興味があることなら結構口が動いちゃうものなの』

そうだ、星ノ瀬さんは相手が乗り気でない場合の戦術も教えてくれていた。

誰だって何かしら好きなものがあり、それを話題にして食いつかせるのはかなり有効な手法なのだと。

（け、けどなあ……葛川さんって何が好きなんだ？）

俺は葛川さんのことを何も知らない。

まともに顔を合わせたのもさっきが初めてなのに、好きなことなんて――

（……ん？　そういえば……）

それは、あるいは見当違いか勘違いかもしれなかった。

だが、もはや制限時間内に他の突破口も見つけ難いと俺は判断し――意を決してメッセージを打ってみることにした。

久我＞『どうしても迷惑ならやめるけど、俺としては葛川さんと話したい』

まずは意思表示。

こっちはチャットを続けたいのだと宣言する。

久我＞『たとえば、ゴルデンリングの話とかさ』

（どうだ……？）

意を決して送ったメッセージに既読はついたが、その後一分経っても返事はこなかった。

やっぱり俺の見当違いだったかと思い始めていたその時――

葛川＞『……え、久我君やってるんですか？』

（よっしゃ！　ビンゴ……！）

葛川さんからメッセージがやってきて、俺は思わずガッツポーズを取った。

『ゴルデンリング』とは大ヒットしたオープンワールドアクションRPGのタイトルであり、世界中にファンがいる。

ただ、ジャンルとしては血なまぐさいダークファンタジーであるため、明らかに男性向けのゲームである。

葛川さんがそれを好んでいると思った理由は、先週の教室でふと目に付いた彼女のカバン——そこに付いていたキーホルダーにある。

女子がそれを付けていることにちょっと驚いて、記憶に残っていたのだ。

(作中のアイテムである『友なりし壺(つぼ)』型のキーホルダー……！　あんなものを持っているなんてファン以外ありえないからな！)

なおどうでもいいが、そのデザインは壺に手足が生えているというものであり、非常にシュールな可愛さがある。

久我＞『ああ、やってる。聖樹まで行ったけど、アホみたいな強さの腐敗女神に二十連敗中だよ』

葛川＞『あれはですね！　攻撃を食らうとあっちが回復するから一見クソボスに見えるけど、攻略法はあるんですよ！　まずはとにかくパターンを覚えることですね！　攻撃するより食らわないこと注意して確定でパリィできる攻撃を見切れるようになったらかなり楽です！』

(ちょ、メッセージが長い……！)

会話拒否していた人物とは思えないほどに、葛川さんは怒濤の長さとスピードでメッセージを送りつけてきた。

葛川＞『あ、もしかして白鳥乱舞が避けられないですか？』

葛川＞『あれはまずマレちゃんが飛び上がったら後方ダッシュして一段目を回避して』

葛川＞『二段目はマレちゃんの右横をすりぬけるようにローリング』

葛川＞『三段目はその場でじっとしてればあんまり当たらないものですけど念のために盾を構えておけばよしですよ！』

（ま、待て待て！　メッセージの洪水か⁉）

　チャットは短文でポンポンとラリーさせるのが基本、という星ノ瀬さんの指導が脳裏に蘇る。

　自分がされてよくわかったが、あれは正しい。こうも連続してメッセージを送ってこられては、こっちのメッセージを挟むのが難しくなる。

久我＞『なるほど参考になる。それと闘技場とかはやってるのか？　俺対戦好きだから割と通ってるんだけど』

葛川＞『やってますやってます！　いやあ、遠距離祈禱魔術ぶっぱを全回避して巨人砕きを叩き込んでやるのは最高ですね！』

　割と本気で別人に入れ替わったのかと思うほどに葛川さんのメッセージ連打は止まず、俺はその恐ろしい速度に追従しつつも話題の拡張に努めた。

それは、口ほどには早く言葉が紡げないチャットでは、なかなかに大変なことだったが
――
(けどまあ……良かったな)

葛川さんは、間違いなく今この時間を楽しんでくれている。
そして俺も、ついて行くのは大変ながらもゲーマーとして話自体は多いに楽しめている
し、彼女のテンションの高さも好ましいと思える。
そうして、俺たちの時間は過ぎていった。
お互いに黙ったままだったら生まれ得なかった、どちらも心を軽やかにしてメッセージ
を交わせる善い時間が。

久我＞『と、そろそろ終わりの時間だな』
葛川＞『あ……そうです、ね』
実習時間の終わりが近いことを告げると、葛川さんは名残惜しそうなメッセージを返し
てきた。その短い文からも葛川さんがこの時間を楽しんでくれたことがわかり、なんだか
嬉(うれ)しくなってしまう。
葛川＞『あの、すみません。最初に失礼な感じで会話拒否してしまって』

久我＞『ああ、いいよ。葛川さんはこういう実習苦手なんだろ？』
葛川＞『そうです。私は気の利いた話とか全然できないから、どう頑張っても全然会話が続かなくて……』
葛川＞『だからもう、こんなに苦しい時間を過ごすなら相手に頼んでやり過ごさせてもらおうって』
久我＞『うん、俺もちょっと前までこの実習が苦痛だったから、葛川さんもそうじゃないかと思ってた』
葛川＞『え、そんな感じ全然しませんでしたけど……むしろ凄く慣れているというか』
久我＞『いや、最近はちょっと恋愛の特訓したから少しマシになっただけだよ』
葛川＞『恋愛の特訓（笑）』
葛川＞『すみません、ちょっとクスっときました』
……何故みんな、俺が恋愛の特訓をしてると言ったらウケちゃうんだろうか。ゲームでも料理でも、俺は上手くなりたいことはひたすら練習するタチなんだけど、これっておかしいのか？
久我＞『でも、良かったよ。ゲームの話ができて楽しかった』
葛川＞『はい、私もです』
葛川＞『私ってああいう男の子が好きなゲームとかアニメばっかり好きだから、女子とも話が合わなくて』

葛川＞『今日は初めて楽しくチャットできました』

そう言われると、俺としても嬉しい。

あのまま俺がチャット自体を諦めていたら、俺たちはただ沈黙のままにこの時間を過ごし、何とも気まずい気分のまま終わっただろう。

少なくとも、この時間をお互いにとって楽しいものにできたという意味では、間違いなく成功だった。

久我＞『まあ、もし次の実習とかで俺に当たったらまたゲームの話でもしよう』

久我＞『もちろん他のことでもいい。俺は割とどんな話題でも楽しめるし、葛川さんと話して面白かったからさ』

葛川さんの恋愛授業における苦しみが少しでも減ればと思い、俺は素直な気持ちを締め括りとして送った。

すると――

（ん……？）

さっきまでテンポよく返ってきていたメッセージが、何故か返ってこなくなる。

不思議に思いながらスマホを二分ほど眺め、ようやくメッセージは返ってきた。

葛川＞『久我君って』

うん？　俺って？

葛川＞『もしかして女子に手が早いチャラ助さんなんですか』

「はぁっ⁉」

突然予想だにしないことを言われ、思わず口から混乱が漏れてしまった。

こ、この非モテを摑(つか)まえてチャラ助だと⁉

久我＞『いやいやいや、何がどうなってそうなる⁉』

久我＞『というか俺はFランだよ！　チャラ助どころか底辺だから！』

葛川＞『そうなんですか。いえ、なんだかこの人、こんな陰キャ女子にも不自然なくらい優しいなって思ったので』

久我＞『陰キャも何も、ペアを組んでくれてる人に少しでも気持ちよくこの時間を終えて欲しいって思うのは、当たり前だろ⁉』

葛川＞『そんな恥ずかしいことを大真面目に言えるのに、なんでFランクなんですか⁇』

葛川さんは本当にリラックスしてくれたらしく、やたらと俺をからかってきた。

それに反論すべくさらなるメッセージを書き込もうとしたが――

教室に設置されていた実習終了のアラームが鳴り、俺にとっての恋愛レッスン試験第二弾は終わりを告げたのであった。

八章　お前……星ノ瀬さんのことを悪く言っただろ？

Chapte

「なあ、錬士（れんじ）。お前、なんかあったか？」

チャットを使った恋愛実習から、三日が経った日の昼休み。

食堂に向かう途中の廊下で、連れの俊郎（としろう）はいきなりそんなことを言い出した。

「なんかあったかって……俺、何か変な顔してるか？」

「なんか最近、妙に前向きっていうか、恋愛授業やランキングに対する愚痴が全然ないじゃんかよ。おまけに、たまにスマホを見てニマニマしてるし」

「あー……その、さ」

別に隠していたわけじゃないが、確かに俊郎に話してはいなかった。

俺が最近、一体何に力を入れているかを。

「その……笑うなよ。俺、実を言うと最近恋活に前向きになったんだ。それで、やっと得られた成果を眺めて、たまに頬が緩んでたかもしれない」

「は？　恋活に前向きになった……成果？」

「ああ、うん。これだよ」

言って、俺はコイカツアプリを起動して俊郎へとスマホをかざした。

そこに表示されているのは、以前の俺ではありえなかった勲章だ。

「……………は？　ちょ、お前……！　い、いいねポイントが二つも来てるじゃねーか⁉　しかも……小岩井さんと葛川さん⁉　クラス一軍のAランクと、Cランクながらコアな人気がある女子じゃんか！」

「……葛川さんってコアな人気があるのか？」

「ああ、ああいうタイプって、目立ってるBランクやAランクよりある意味人気があるんだよ。なんかこう、『頑張れば俺でも落とせそうな隠れ美人』みたいなさ」

「言ってることはわかるけどなんか失礼だなそれ……」

先日のチャット実習の後、俺は葛川さんに直接顔を合わせて『実習ありがとう』と挨拶した。

相手が目を伏せがちだったので俺の女子緊張症もあまり反応せず、髪の切れ目から見える顔を観察する余裕もあったのだが……確かに目鼻立ちは整っていたと思う。

（葛川さんからも即日いいねポイントをもらえたこと、星ノ瀬さんも驚いていたな……）

星ノ瀬さんの知る限り葛川さんは趣味に生きる人で、他人との関わりに閉鎖的な面があり、ある意味では小岩井さんより強敵だったようだ。

であるのに、俺がチャット実習でペアを組んだその日に楽しく会話していいねポイントまでもらったのだから、星ノ瀬さんとしても驚きだったらしい。

「い、一体何があったんだ？　女子と顔を突き合わせるとカチコチになってたお前が……金でも積んだか？」

「んな訳あるか。まあ、実際近いことをする奴はたまに聞くけどさ」

いいねポイントによる恋愛ランキングは、生徒の格付けをしてしまう。

そのため、金銭や強要などで異性からいいねポイントを得ようとする奴はたまに出てくるのだ。

ただしそれらは処罰対象となる行為であり、発覚すればよくて厳重注意、悪質だった場合は停学・退学もあり得る。

生徒たちの間でもそれは最高にダサい行為と認識されており、そんなことに手を染めたと周囲にバレればそいつの評判は地に落ちるだろう。

「実はさ、恋活を始めると同時に……恋愛の特訓も始めたんだ」

「……えと、笑うところか？」

「いや、マジでしてるんだよ。俺の緊張症の克服訓練とか、女子との話し方の勉強とかさ」

なんで誰も彼も俺の恋愛特訓をギャグかと思うのだろう。

俺としては大真面目に取り組んでいるのに……。

「その成果もあって、恋愛実習で小岩井さんと葛川さんとペアになった時はそこそこ話せたんだ。まあ、それで二人からいいねポイントが来るのは予想外だったけど」

たまたま上手くいったにせよ、今までいいねポイントがゼロだった俺にとって、この二ポイントはとても大きい。

なんだか、光明が見えてきた思いだ。

「なるほど……かなり驚きだけど、お前は苦労しまくって恋活すると決めた訳かよ」

「ああ、そうなるな。だからすまん。お前と一緒に男の友情ルートはいけなくなった」

俺と俊郎は、散々この大恋活時代に対する愚痴を言い合ってきた仲だ。

ともすれば俺の恋活開始はこの友人への裏切りになるかもしれないが……それでも俺はやると決めたのだ。

「そっか。ま、頑張れよ」

「え……」

「ま、正直『抜け駆けしやがってこんにゃろう！　そもそもちょっと特訓したくらいであの二人からいいねポイントがもらえるってどういうチートだ⁉』とか言いたいけどよ」

「もう言ったも同然だろそれ」

「っても、友達が周りに認められるってのはそれなりに嬉しいし、まあ許すよ」

言って、俊郎はイタズラ好きの子どものようにひひっと笑う。

「つうかまあ、そうなると俺だけ恋活放棄してるのもカッコつかねぇな。いっちょまた頑張ってみるか」

「お前は大物を狙いすぎなんだよ。ガンガン女の子にアプローチできる度胸はマジで尊敬するけど、可愛い子を見るとすぐ惚(ほ)れるから軽い奴だと見なされるんだろ」

「お、女子緊張症の奴が言うようになったじゃんよ。でもさ、違うんだよ。この子いいなって思った女子がみんなハイレベルな美少女なだけで――」

と、俺たちがそんなふうに駄弁りながら食堂近くを歩いていると――

「おい、お前久我だろ？」

突然、背後から知らない声に呼び止められた。

「……？　ああ、そうだけど……誰だお前？」

「三組の溝渕だよ。てめえに言いたいことがある」

振り返ると、そこには面識のない男子生徒がいた。

ベリーショートの髪をワックスで逆立たせたワイルドっぽい容貌をした奴で、その表情はとても友好的とは言えない。

「お前、Ｆランクのくせに何か勘違いしてねえだろうな？」

「はぁ？」

面識もないのに、いきなり何を言ってんだこいつ？

俺を誰かと間違ってるんじゃないか？

「この間、見たんだよ。放課後の資料室からお前と星ノ瀬愛理が出てくるのを」

「……！」

その言葉は、少なからず俺に焦りの汗を流させた。

俺と星ノ瀬さんの協力関係は、周囲に秘密にしている。

何せ、星ノ瀬さんは皆が憧れている恋愛ランキング一位のSランクで、俺は最底辺のFランクだ。そんな二人がこそこそ会っているなんて知られたら、間違いなく騒動になるだろう。

「まあ、星ノ瀬は学級委員だから、どうせそれ絡みの何かだったんだろうがよ。てめえが浮かれたツラしてたから、調子に乗らねえように忠告に来てやったんだ」

俺としては『何故星ノ瀬さんと俺が一緒の時間を過ごしていたか』を追及されるとマズかったのだが、どうやら溝渕とやらの関心はそこじゃないらしい。

「いいか、Fランクは Fランクらしく自重してろ。星ノ瀬や他の上位ランクの女子に近づこうなんて思うな」

「…………」

その言葉はあからさまではあったが、特に珍しい物言いという訳ではなかった。

つまり、恋愛が下手な奴は人間としての価値が低いという考え方だ。

恋愛ランキングというものは激しい競争意識を植え付けると同時に、マウント合戦や差別を加速させてしまう。その結果、目の前の溝渕みたいにランキングの順位であからさまに人を馬鹿にする奴も出てくる。

「お前はモテねえの。男としてマジ価値がねえの。だから間違っても浮かれんなよ。モテねえ奴はこれから先も死ぬまで隅っこで息を殺してろよ」

ただ正直……中学からモテなかった俺はこの溝渕みたいな奴は大勢見てきたので、今更特に何かダメージは受けなかった。

俺だって少なからず恋愛ができる奴は偉いという意識は持ってしまっているが、だからといって『モテねえ奴は隅っこで息殺してろ』なんて大真面目に言われると『頭大丈夫か？』という感想しかない。

マウントを取るのは自由だが、声高に叫ぶのは流石にアホだろう。

（にしても、これを言うためにわざわざ俺の名前を調べて……？　こいつがそこまでする理由って……あ、そうか）

何故こいつが俺の前に現れて、妙に怒りが滲んだ声でわめいているのかをおおむね察する。ただ、そこを指摘するとさらに面倒そうなので、このまま去ってくれることを期待したが――

「ちっ、星ノ瀬も何でこんなFランク野郎にあんな顔を……ああ、いや、そういうことかぁ？」

溝渕はその場を離れないばかりか、表情を激しい苛立ちから一転してニヤニヤと気色の悪いものへと変えた。

「なるほどな、ランキング一位もずいぶんみみっちい真似するじゃんかよ」

「……何言ってんだ？」

勝手に納得した様子になったかと思ったら、溝渕は唐突に意味不明なことを口にした。

というか、どういう了見でこいつはさっきから星ノ瀬さんを呼び捨てにしているんだ？

「わかんねえのか？　星ノ瀬はお前みたいな低ランクに気のあるフリをして回ってるってことだよ。それで舞い上がった馬鹿な非モテどもから大量のいいねポイントを貰ってるって訳だ！」

「────は？」

目の前の野郎が口にしたアホな邪推に、俺の脳内が溢れる怒気で真っ白になる。

こいつは、何を偉そうに自分の妄想をさも事実かのようにわめいているんだ？

「はは、すげぇ必死でウケるな！　ランキング一位に居座って偉そうに威張りたいからってそこまでやるとかよ！」

「────」

溝渕は何がおかしいのか、ゲラゲラと愉快そうに笑う。

星ノ瀬さんを──あの朗らかで優しい少女を馬鹿にして、その下品な笑い声を食堂前の廊下に響かせていた。

（──ふざけんな、おい）

いいねポイントのために、低ランク男子に気のあるフリをしている？

星ノ瀬さんがそんな人の気持ちを利用するような真似をするかよ。

ランキング一位に居座って偉そうに威張りたい？

星ノ瀬さんがいつそんな振る舞いをしたってんだよ。

何も知らないくせに、よくもそこまで星ノ瀬さんのことをわけのわからん妄想で貶めやがったなこのクソ野郎……！

「……お前さ、モテたいんだろ？」

「あん？」

今すぐにでも目の前の馬鹿をぶん殴ってやりたい衝動に駆られながら、俺の頭と口は意外なほどに冷静に動いてくれていた。

「そのゴテゴテしたアクセとハリネズミみたいな髪型さ、別にお前の趣味じゃなくてモテるためのファッションなんだろ？『俺はワイルドだぜ！』っていう男らしさアピールなんだよな」

「な……っ」

俺の予想はどうやら当たりだったようで、溝渕は小さく呻く。

そして、この時点で俺たちの周囲には人だかりができており、何だ何だと俺たちの言い合いに注目していた。

まあ、昼時の食堂前でこんな騒ぎが起これば当然そうなるだろう。

「そんな尖った男らしさをアピールしてるお前のやることは、人に言いがかりをつけた上にランクでマウント取ってイキることか？　ダサいにもほどがあるだろ」

「う、うるせえよFランクが！　俺はお前よりランクが上なんだぞ⁉　格下がギャーギャー言ってんじゃねえ！」

溝渕の声には明らかな狼狽が混じっていた。

のだろう。

おそらく、こいつは俺のことを強く出ればビビって何も言えない奴だと思い込んでいた

まあ確かにスクールカーストと恋愛ランキングは比例傾向にあり、Ｆランクに属する男子はオドオドとした気弱な奴が多い。

だが、あいにく俺は気弱でもなんでもないし、誰かに一線を越えたことを言われて黙っていられるタチじゃない。

俺が緊張するのは女子だけで、男子には普通にキレるし何でも言うぞ？

「っていうかよー。溝渕だっけ？　お前のこと今アプリで調べたけど、四一四人中、二四一位のＤランクじゃん。人にマウント取れるような順位かこれ？」

俺の横に立つ俊郎が大きな声（多分わざとだ）でその事実を暴露し、俺たちの周囲からクスクスと笑い声が聞こえてきた。

顔を赤くして何か反論しようとする溝渕だが、今更になって周囲から注目を集めていることに気付いて動揺し、言葉が上手く形にならない様子だった。

……というか、俺も驚いた。

Ｂランクか、最低でもＣランクかと思ったらＤランクかい。

よくそれでＦランクがどうのと、あれだけわめけたもんだ。

さて、それじゃ……そろそろこっちも言いたいことを言わせてもらうか。

「……お前さ、星ノ瀬さんに交際申請送ってフラれたんだろ？」

「んな……っ」

俺が突きつけたことが図星なのは、溝渕の苦虫を嚙み潰したような表情が如実に語っていた。

そもそも、何でこいつがわざわざ俺の前に現れて言いがかりをつけだしたのかと考えると、動機はそれしかなかったのだ。

「星ノ瀬さんにフラれたからこそ、お前が見下しているFランクである俺がたまたま星ノ瀬さんと一緒にいるとこを見て、無性にムカついた訳だ」

そもそも『低ランクは調子乗るな』という理屈でくるなら、DランクなのにSランクにフラれてキレるなと言いたい。

こいつの言っていることは、結局のところ自分のプライドが傷ついたが故の八つ当たりに過ぎないのだ。

「まあ、俺はどう言われたっていいよ。別にあんまり気にしないしな。だけど――」

そう、俺に言いがかりをつけるだけだったら、お前なんかスルーしてよかったんだ。

「お前……星ノ瀬さんのことを悪く言っただろ？」

溢れ出る怒気のままに、目の前のワイルドファッション男子を睨めつける。

そう、結局俺が許せないのは唯一そこだ。

星ノ瀬さんは、本当に素敵という言葉が似合う女子だ。

優しくて朗らかで、あれだけの美貌を持っている上に人を本質で判断する綺麗な心を持っている。

こんな俺にも普通に接してくれて、契約の上とはいえすでにいろんなことをしてもらった。いっぱい笑いかけてもらった。

　だからこそ、心底許せない。

　俺の恩人たる星ノ瀬さんを、単なる逆恨みで馬鹿にしたこいつが。

「自分をフッた女子に腹を立てて悪口言うなんて、これ以上カッコ悪いことはないだろ。男らしいどころか女々しすぎてビビる。恥って言葉を知らないのか？」

「て、てめえっ！　言わせておけば——っ⁉」

　そこで不意に、溝渕のポケットのスマホから、コミカルな電子音が何度も鳴った。

　溝渕は訝(いぶか)しげな顔でスマホを取り出して確認し——その顔はみるみる青ざめていった。

「な、なあああ⁉　そ、そんな……！」

「あ、こいつの順位がたった今ガクッと下がったな。Ｆランクに落ちてきたぞ」

　俊郎の言葉を聞きながら、俺も手元のスマホで溝渕のプロフィールを確認するが……確かにＤからＦランクに下がっている。

（なるほど、こりゃいいねポイントを取り消されたな）

　恋愛ランキングのランクは、主に異性からのいいねポイントで決定する。

　そして、与えたいいねポイントは取り消すこともできるのだ。

（今俺たちの周りにいる大勢の野次馬の中に、溝渕にポイントを付与していた女子もいた

んだろうな）

その子らが、自分をフッた相手への悪口なんてクソダサいことをしたこいつに失望して
ポイントを取り消したため、こいつのランクが下がったって訳だ。

「こ、こんな……！　ち、ちくしょおおお！」

自分が周囲の生徒たち（特に女子）から少なからず白眼視されていることに気付いた溝渕は、混乱のままにこの場を逃げ出した。

そして、自然とそこに集まっていた野次馬たちも解散していったのだが……。

「いやぁ、なかなかのキレっぷりだったな錬士。まあ、わけわからん逆恨みっぽかったからキレるのもわかるけどよ」

「ああ、正直頭に血が上ってた」

こうして少し冷静になると、さっきまでの自分がメチャクチャキレていたのがわかる。

あんなに怒ったのは、一体いつぶりだっただろうか？

「ところで、あいつがお前と星ノ瀬さんに口汚いこと言ってたのはよくわかったけど……お前とあの『恋咲きの天使』ってなんかあったのか？」

「ああ、それは……」

「やるじゃん、久我っ！」

さて俊郎にどう説明したものかと逡巡していると、不意に明るい女子の声と同時に背中を叩かれた衝撃があった。

こ、この陽キャ全開な声は……！

「こ、小岩井さん⁉」

「いやー！　面白いもん見れたっしょ！　うんうん、フラれたからって相手の悪口言うとかダサすぎなのはマジでそう！　その辺ビシっと言ってくれたから、周りの女子たちもすっごい頷いてたし！」

一部始終を聞いていたらしきギャル女子・小岩井さんは、いたく上機嫌であり笑いながら俺の背中をなおもバシバシと叩いた。

「つか、ギャラリーあんなに大勢いたし、多分久我には結構来るっしょ！　あはは、ボーナスイベントってやつ？」

「は……？」

来る？　来るって何が……？

「あれ、錬士……お前、スマホがなんか鳴ってね？」

「へ……？　って、ええっ⁉」

俊郎に言われてポケットのスマホを取り出すと、そこには想像もしなかった表示がされていた。

「い、いいねポイント⁉　それも、全然接点のない他のクラスの女子三人から……な、何でだ⁉」

「何でも何も、さっきの野次馬の中にいた女子からっしょ？」

狼狽する俺に、小岩井さんは当たり前だとばかりに言った。

「いいねポイントって、あくまで『いいね』くらいの感覚であげるんだし、久我があのフラれ逆恨み男子をボコったのを見て、ポイントをあげようって気になった女子がいるのは全然不思議じゃないし」

「な、なるほど……」

言われてみればそうだった。

いいねポイントは交流があった異性だけでなく、ゴミを拾ってるのを見かけたとか、うっかり校内の池に落ちて周囲にウケたとか、そういったことで貰えることも多い。

『好き』『あの人いいな』でなくても、『ウケる』『面白っ！』『ありがとう』『掃除代わってくれたし』『部活仲間だし』くらいの軽さでも貰えるのだ。

なので、このポイントは『リアルＳＮＳポイント』などと呼ばれることもある。

「いやー、アタシはもう久我にポイントあげちゃったから残念！　まあでも来月にはあげるから期待しといて！　忘れてたら催促してくれていーからさ！」

「陽キャオーラが眩しくて目が焼けそうだ……」

曇りなき笑顔で言いたいことをバシバシ言うギャル女子に俊郎が感想を漏らすが、それは俺も同意だった。

「まー、でもさ？」

そこで、小岩井さんは何故かチラリと近くの廊下の曲がり角を見た。

不思議そうな顔になる俺たち二人に構わず、なおもギャル女子は笑う。

「今一番久我にポイント入れたい女子は、アタシじゃないかもだけどねー」


「…………」

私──星ノ瀬愛理は、食堂近くの廊下の曲がり角前で立ち尽くしていた。

今、自分がどんな顔をしているのかわからない。

いろんなことを一度に目撃してしまって、感情が飽和してしまっている。

（あ、ええと……私は……）

未だにボーッとしている自分の頭を整理すべく、私はここに来てから見聞きしたことを追憶し始める。

そう、ほんの十分近く前──私は食堂横の購買へと足を運んでいた。

すると、食堂前で見覚えがない尖った髪型の男子生徒と久我君が何か言い争っている声が聞こえてきて、その内容に自分が含まれていることに瞠目した。

野次馬の外側で彼らの話に聞き耳を立ててると、どうやら私の油断のせいで久我君が言いがかりをつけられているようで、憤りと申し訳なさが胸に溢れた。

（私のせいで久我君が……）

私も、こういったトラブルのことは警戒していた。

私は曲がりなりにも恋愛ランキング一位であり、その交流関係も多くの人から注目されている。

どこかで久我君との接点がバレたら、私じゃなくて久我君に問い詰めや悪口が行くのは予想できていた。

（本音を言うと、どうして私の交流関係に他人が干渉するのかって思うけど……）

だからこそ、彼との接触はバレないようにしていたつもりだったけど、どうやら目撃されてしまったらしい。

自分の詰めの甘さのせいで彼はひどい因縁をつけられてしまっている——そう悟った私は罪悪感でいっぱいになった。

だからこそ、すぐにでも騒ぎの中心に飛び出していこうとしたその時——

『わかんねえのか？　星ノ瀬はお前みたいな低ランクに気のあるフリをして回ってるってことだよ。それで舞い上がった馬鹿な非モテどもから大量のいいねポイントを貰ってるって訳だ！』

そんな悪意ある邪推を聞かされて、踏み出した足は止まってしまっていた。

『はは、すげぇ必死でウケるな！　ランキング一位に居座って偉そうに威張りたいからってそこまでやるとかよ！』

それは完全に根も葉もないことで、事実は何も含まれていない。

私に対する悪意から生まれた妄想だった。

そしてそれは、全然珍しくないことだった。

私は恋愛ランキング一位で、たくさんの人から注目される。

多くの人から好意を寄せられる一方で、多くの人から悪意を向けられる。

悪い噂、悪口はいつだって付きまとっていて、なくなることはない。

そう――どれだけ『私なりの努力』をしようとも。

（それでも……痛いなぁ……）

こんなことは慣れきったはずなのに、いつだって言葉の刃は私の脆くて柔らかい心に易々と突き刺さって、苦しみの血を流させる。

けれど、そこで――よく知った声が私の耳へと響いてきた。

『お前……星ノ瀬さんのことを悪く言っただろ？』

私への悪意を口にした男子生徒に、久我君が信じられないほどの迫力で怒っている様を目の当たりにし――私は思わず息を呑んだ。

ここ最近は彼とたくさん話す機会があり、その人となりはおおよそ知っていたつもりだったけど……あんなふうに力強い声で怒りを露わにできる面があるだなんて、まるで知らなかった。

しかも、彼にそうさせている理由は――

（私の、ために……）

久我君は自分に言われたことじゃなくて、明らかに私への悪口に対して怒ってくれていた。

絶対に許さないとばかりに目をむき、高圧的な相手に対して一歩も引かず——ついには周囲の反応を味方につけて問題の男子生徒を退散させてしまった。

そしてその一部始終を見届けた私は……何故か急速に気恥ずかしくなり久我君から身を隠すように廊下の曲がり角に隠れしまい、今に至る。

自分の感情が乱れていて、なかなか息が整わない。

妙に顔が熱くなってしまって、気持ちが平静になってくれない。

（ああもう、どうしたの私……！　さっきから感情が乱れすぎでしょ！）

あの尖った髪の男子生徒に悪意ある言葉を聞かされた時は、心を切りつけられたような鋭い痛みが広がっていたのに……それも今は消え失せていた。

久我君が私のために怒ってくれている様を見たら、何故か熱い気持ちが胸にこみ上げてきて——胸の痛みを消し去ってしまったから。

「あははっ！　愛理みっけ！　なーにコソコソしてんの！」

「え!?　こ、小岩井さん!?」

未だに混乱中だった私に声をかけてきたのは、同じクラスの女子——小岩井杏奈さんだった。

いわゆるギャル系の女子である彼女は、何故か私を見つけてニンマリとした笑みを浮かべている。

「え、ええと……私に何か用なの？」

「もー、まだ名字呼びー？　いつまでアタシに片思いさせるかなー！」

戸惑う私に、小岩井さんは頰を膨らませる。

けどそうは言っても、別に私と小岩井さんはあくまでたまに話す程度の仲で、そこまで馴れ馴れしくするのも気が引ける。

（小岩井さんも不思議な人よね……）

私には特別親しい友達はいない。

誰とも平等に交流して広く浅い交友関係を保っているし、みんなもそのことに特に不満を見せる様子はない。

けど、小岩井さんは二年生で同じクラスになると、初対面からいきなり『愛理って呼ぶからよろしくー！』とくるほどに距離の詰め方がバグっていた。

「まー用事っていうか？　さっきの久我のキレ方とか見てたらピンと来たから答え合わせしたいなっていうか！」

「……ええと、久我君って、ウチのクラスの久我君？」

「そそ、久我錬士クン」

何を言いたいのかよくわからないけど、とりあえず私と久我君に交流があることを隠して返事する。

どうやら小岩井さんも、さっきの久我君たちの騒ぎを見ていたようだけど……。

「久我ってさ、以前はアタシと恋愛授業でご対面したらカチカチのアイスみたいになってたのに、なんか急に普通に喋るようになってたの。で、本人に聞いたら恋愛の特訓したからとか言い出して、メッチャウケてさー」

「へ、へぇー……」

あくまで他人事としての表情を作るけど、実際は冷や汗をかいていた。

というより、なんで小岩井さんはそんな話を私に……？

「で、ぶっちゃけさあ、久我に女子との話し方とか教えたのって愛理っしょ？」

「ぶふぅ⁉」

あっさりとその事実を言い当てられて、私は動揺をまったく隠せずに女の子にあるまじき驚き声を出してしまった。

（ど、どど、どうしてバレたの⁉　小岩井さんの前で、そんなそぶりを見せたつもりはないのに……！）

「いやー、だってさあ、あのトンガリ髪の男子が久我と愛理が一緒にいたとかなんとか言ってたし、久我は愛理のことを悪く言われてメッチャキレてたっしょ？　そんで二人の接点って何だろって考えたら、久我の言ってた『恋愛の特訓』絡みしかないし」

な、何だか知らないけど妙に推理力が高い……！

何なの⁉　ギャル探偵か何かなの⁉

「あ、いや、それはそのぉ……」

「あー、いーっていーって！　別に誰にも言いふらしたりしないし、何だったら協力するし！　まー、どんな恋愛特訓やってるかはマジ知りたいけど！」

可笑しそうに笑う小岩井さんを見るに、もはや誤魔化すのは不可能だと私は悟った。

まあ彼女の性格上、秘密を守るという言葉は信用できるけれど――

（私の油断で久我君と一緒にいるところを見られたのを反省したばかりなのに、小岩井さんにこうもあっさりバレるなんて……！　うう、もうちょっと上手く誤魔化しなさいよ私！）

「いやー、でもいいことだってば！　愛理がそうやって、今までとは違うことを始めたのはさ！」

「え……？」

小岩井さんは何故か嬉しそうに口の端を緩ませており、腕を組んでうんうんと満足げに頷いた。

「ほら愛理ってマジ可愛いっしょ？　なのに毎日どっか無理してる感じがしてるわ、カレシ作らない宣言してるわで、なーんか見ててモヤモヤしてたっしょ！」

小岩井さんは肩が並ぶほどに近く距離を詰め、私の顔をまじまじとのぞき込んだ。

まるで、仲の良い友達にするように。

「だから、カレシじゃないにしても、愛理が他とは違う関係の相手を作ったことがアタシ

「とにかく、さっき言った通り二人のことは邪魔しないから、安心してっしょ！　ほんじゃまー！」

上機嫌で笑いながら、小岩井さんはバシバシと私の肩を叩く。

はマジ嬉しいんだって！　やっぱ人間関係にバランスだけどとってるセーシュンとかつまんないし！」

最初から最後まで言いたいことだけを言い、小岩井さんは去って行った。

本当に、良くも悪くもパッションで動く人なんだと苦笑いしてしまう。

けれど……彼女は本当に私のことをよく見てくれているし、人の心をよくわかっているんだろうなと思う。

（今までと……違うこと……）

自分では そこまで意識していなかったけど、そう言われれば確かにそうだった。

久我君に自宅の火事から助けてもらった夜から、私の日常は大きく変化していっている。

今までは良くも悪くも私の学校生活は安定していた。

そうなるように私が願い、私が調整してきたから。

けれど、今は少しずつ自分とその環境が変わっているのを感じている。

さっきの食堂前での騒ぎのように、私の毎日には微かにヒビが入ってくるのかもしれないけど――

（それでも……私はいいなって思ってる）

私は、特に何も起こらない生活を望んでいる。

過度に注目されず、過度な好意も過度な悪意も持たれない——そんなごく当たり前の毎日を。

であるのなら、最近周りの環境が変わり始めたことに忌避感を抱くべきなのだろうけど

——私は、私を取り巻く変化を、どうしても嫌えそうになかった。

思えば、ここ最近は初体験とそれに伴う緊張の連続だった。

女子と話し、女子の家に上がり込み、女子を家に招き入れ、女子と見つめ合ったりウィットに富んだ会話を特訓したり、恋愛実習でほぼ初対面の女子を楽しませるべく奮闘したり――本当にジェットコースターの如き怒濤(どとう)の日々だった。

そのおかげで、俺はほんの少しだが精神的に強くなった。

女子緊張症は依然としてあるものの、確実に改善はできているだろう。

だが――こんな状況は全身カチコチになっても流石に仕方がないと思う。

「お待たせ久我(くが)君！　それじゃ行きましょうか！」

「あ、ああ……よろしくお願いします……」

木曜日の放課後。

街中の駅前で落ち着かない心を抱えて待っていた俺は、約束通り星ノ瀬(ほしのせ)さんと合流を果たした。

なお、お互いに制服ではなく私服姿になっている。

お互いに帰宅してから、また別の場所で待ち合わせる——こんな回りくどいことをするのは、学校の奴らに見られないようにするためだ。

（まさか星ノ瀬さんと、放課後に街を一緒に歩くことになるなんて……）

俺は緊張の汗を流しながら、どうしてこんなことになったのかを追憶する。

そう、きっかけは先日のことだった。

あの溝渕とかいう男子との騒ぎがあった翌日に、星ノ瀬さんが恋愛レッスンを開催してくれて——その場で髪が伸びていることを指摘されたのだ。

『やっぱり身だしなみは最重要よ？　まあ、久我君は綺麗にしている方だと思うけど、髪は改善の余地ありかも』

そんな話題から俺が普段近くの理髪店を利用していると告げると、星ノ瀬さんはクーポンがあるからと一度美容院で切ってもらうことを勧めてきたのだ。

ただ、俺としては正直気後れした。

何せ、俺は生まれてこのかた一度も美容院なんて行ったことがない。

俺のようにお洒落に疎いガキが敷居を跨いでいい場所ではないような気がして、恐れ多く感じるのだ。

そう告げると、星ノ瀬さんはふむふむと頷き——直後にとんでもないことを言い出したのだ。

『じゃあ、私も付き添いで一緒に行ってあげる！』

　そうして、俺たちは放課後に待ち合わせて、星ノ瀬さんご推薦の美容院へ向かっている訳なのだが——

「ふふ、やっぱり緊張する？　別にそんなに怖いとこじゃないけど」

「そりゃあ、まあ……とにかく美容院って大人の女性が行くハイクラスな場所ってイメージがあるんだよ。お洒落なカフェと同じくらい入りにくいって」

「あはは、全然そんなことないってば！　今は高校生なら女子でも男子でも当たり前に美容院に行く時代よ？　一度経験したら平気になるからまずは突撃あるのみよ！」

　俺が口にした不安を、星ノ瀬さんは明るく笑い飛ばした。

　こういう相手を元気付ける時の彼女の笑顔は、まるで魔法のように胸に染み渡る。

（まあ正直、美容院なんかより、星ノ瀬さんと街を歩いている今の方が緊張するけどな）

　お互いの家にまで行っておきながら今更という気もするが、こうやって放課後に二人して外出というのは、なんだか凄くいけないことをしているような気分になる。

　さっき星ノ瀬さんから『お待たせ久我君！』なんて言われた時は、ただでさえドキドキしていた心臓がバネ仕掛けみたいに跳ね上がったものだ。

（ああもう落ち着け俺……！　これも恋愛レッスンの一環で、星ノ瀬さんは何とも思ってない！　こんなことでいちいちオタオタするな！）

　女子との交流経験が少ないせいであらゆることにドギマギしてしまう自分を奮い立たせ、俺は夕方近くの繁華街を星ノ瀬さんと並んで歩く。

そして、星ノ瀬さんオススメの美容院には、意外とすぐに辿り着いた。

「「いらっしゃいませー！」」

「…………」

ファッショナブルな店員さんたちに迎えられ、俺はしばし硬直した。

何故なら、目の前に広がっているのが想像以上のお洒落空間だったからだ。

星ノ瀬さんオススメの美容院は、カジュアル寄りではなくなかなかにゴージャスかつスタイリッシュな内装をしており、俺が足を踏み入れていいのか本気で心配してしまう。

「……だ、大丈夫なのかこれ？　俺、安物のシャツ姿なんだけどドレスコードとかで弾かれたりしないか？」

「ぷふっ……！　だ、大丈夫よ久我君。高級レストランじゃないんだから」

早くも敷居の高さを感じている俺を見て、星ノ瀬さんは噴き出した。

ドレスコードは相当にウケる発言だったらしいが、その可能性を危惧してしまうくらい緊張していることはわかってほしい。

「星ノ瀬さん、こんにちはー！」

俺が初っぱなからビビっていると、一人の女性スタッフが出てきて声をかけてきた。

若くて綺麗なお姉さんで、ネームプレートに『姫風』と書いてある。

「こんにちは姫風さん。今日はよろしくお願いします」

「ええ、今日はお友達の紹介と付き添いってことだったわね……って、え⁉」

星ノ瀬さんと顔なじみであるらしき美容師さんは、俺を見るなり目を見開いた。

まあ、星ノ瀬さんほどの美少女が男子――それも俺のような平凡な奴を連れてきたら少なからず驚くのも無理はない。

「あ、いえ、久我さんですね！　私いつも星ノ瀬さんの担当をしている姫風と申します。それじゃお席にご案内しますのでこちらへどうぞ！」

流石にプロなだけあって美容師さんはすぐに表情から驚きを消し、完璧な接客スマイルを浮かべてみせた。

し、しかし、いよいよか……うう、なんとも心細い……。

「それじゃ久我君、私は待合室で待っているから初めての美容院を楽しんでね！」

「あ、ああ……」

売られていく子牛みたいな顔になっているであろう俺が面白いのか、星ノ瀬さんは実ににこやかな笑みを浮かべて手を振っていた。

なんだか、付き添いの親から離れる子どもみたいで我ながら恥ずかしい……。

「さて、本日はご利用どうもありがとうございます！　カットはいかがいたしましょうか」

「……ええと『全体的に短くして、ただし頭頂部はふわっと長めに残して、襟足は今くらいをキープで。それと頭の両ハチが膨れる傾向にあるので左右の大きさが同じくらいになるようにカットして、前髪は目にかからない程度にしてください。あと眉カットもお願いします』」

「はい、かしこまりました！　ワックスはつけていかれますか？」

「『はい、お願いします』」

当然ながら、このオーダーは俺の希望を元に星ノ瀬さんが授けてくれた呪文であり、俺は正直どのような髪型になるのかイメージがついていない。

だがこれで後は切ってもらうだけだろうと、俺はようやく安堵（あんど）して身体の力を抜いた。

「あの、さっきは君を見て驚いた顔になっちゃってごめんなさい」

「え？　あ、いえ、別に気にしてないです。俺の安っぽい服装が場違いなのかもって焦っちゃいましたけど」

ハサミを動かしながら、美容師の姫風さんは穏やかに話しかけてきた。

幸いにして俺の女子緊張症は同年代以外にはあまり反応しないので、年上の綺麗なお姉さんに対して何も喋（しゃべ）れないということはなかった。

「ううん、違うのよ。君を見て驚いたのは服装とかそんなことじゃなくて、星ノ瀬さんが連れてきたってこと。だってあの子が男の子を連れてくるなんて初めてなんだもん」

「……そうなんですか」

「ええ、そうよ。同年代の女の子ならたまに連れてきてくれるけど、男の子は今まで一切なし。ふふ、つまり君は特別ってことね」

「か、からかわないでくださいよ」

『特別』というくだりで頬を赤くしてしまった俺に、姫風さんは大人っぽい余裕のある笑みを浮かべる。

「ねえ、星ノ瀬さんっていい子よね」

少し声のトーンを落とし、姫風さんは囁くように言った。

「あの子は以前からこの店に来てくれててね。とっても美人さんで、明るくて礼儀正しくて……お客さんをひいきしちゃいけないけど、ついついあの子のカットは気合いが入っちゃうわ」

「ええ、凄くわかります」

姫風さんの言葉に、俺は深く同意した。

あんな容姿端麗かつ素敵な子がお客さんで来てくれたら、美容師さんもついつい頑張っちゃいたくなるだろう。

「でも、あんなに楽しそうな星ノ瀬さんの顔は見たことないわね」

「え――」

俺の正面にある鏡に映る姫風さんは穏やかな笑みを浮かべ、チョキチョキとリズミカルにハサミを動かしつつ続けた。

「何人もの女の子の友達と来た時よりも、今日君と来た時の方がずっと楽しそうで生き生きしてるわ。ふふ、あんな可愛い子に心を許してもらうなんて、君って大人しい顔して凄いのね」

「あ、いえ、それは……ちょっと諸事情で、星ノ瀬さんは俺に外向けの顔をする必要がなくなってるので……」


星ノ瀬さんは、プライベートと学校では見せる顔が異なる。

学校でも決してお堅い様子はなく、皆に気さくな笑みを見せているが……やはり恋愛ランキング一位のSランクという肩書きのためか、誰にとっても頼れる存在であろうとしている印象がある。

だが、家での彼女はもっとポンコツかつ子どもっぽいところがある。

学校よりも叫ぶし涙目になるし、へこんだりはしゃいだりと感情が明らかに豊かになっている。

そういう面を知っている俺と一緒だと、変に気を張る必要がないのだろう。

「あら、ますます素敵じゃない」

にっこりとした笑みを浮かべて、姫風さんは俺たちの関係をそう評した。

「仮面をかぶらないで、自分をさらけ出せる相手。そういう人は、本当に貴重で得がたいものなんだから」

纏(まと)ったカットクロスの上に自分の髪がパラパラと落ちていくのを眺めながら、俺は美容師さんの含蓄がこもった言葉を受け止める。

そして、ふと考える。

星ノ瀬さんは今家族と離れて暮らしており、交友関係は広くとも親友と呼べる相手はいないとも言っていた。

であれば……いや、本当に自信過剰だと自分でも思うけれど。

星ノ瀬さんが仮面を外して話せる相手は――もしかして俺以外にはいないのではないのだろうか？


「どう？　普段と違うスタイルで街を歩くと、何だか気分がウキウキしてこない？」

「まあ、確かに……なんとなく景色が新鮮に感じる」

美容院を後にし、俺と星ノ瀬さんはもう薄暗くなり始めた街中を歩いていた。

歩道には仕事帰りのサラリーマンなどが目立つようになり、飲食店などへの人の入りも多くなる時間帯だ。薄闇と喧噪が、一日の終わりという雰囲気を醸し出している。

「それがお洒落ってものなのよ。そんなに難しいことじゃなくて、今の自分よりカッコよくなりたい、っていう願いをちょっとずつ叶えていくの。身だしなみはもちろん、見た目をできる限りよくするのは恋愛の基本だし」

「それはもちろんわかる。でも、お洒落しても自分が本当にカッコよくなってるのか単なる自己満足なのかがわかりにくいな……あと、お金がすっごいかかる」

「そう、それなの！　お洒落のハードルは大体その二つなのよね！」

普段からそこに悩んでいるのか、星ノ瀬さんは大きくため息をつく。

ただまあ、俺からすればお金はともかく星ノ瀬さんほどの美人だったらどんな髪型や服でも絶対似合うだろうし、その辺は悩む必要がないんじゃないかと思う。

「特にお金がね……はぁ、将来はデパコスとかブランド服とかをガンガン買えるようになれたらなーとか思っちゃうわ」

「星ノ瀬さんなら、将来アイドルでもモデルでも何にでもなれて、かなり稼げるんじゃないか？　こういう街中とか歩いてたら、スカウトとかされたりしてさ」

「うーん、実を言えばたまにあるわね。でも、自分の見た目をアピールするのはちょっと苦手だから、全部断ってるけど」

何の気なしに言ったことだが、本当にスカウトされていたらしい。

まあ、俺がその業界の人でも、こんな美少女が歩いていたらとりあえず声をかけるだろう。

（しかし……自分の見た目をアピールするのは苦手、か）

星ノ瀬さんは、眩しい程に美しい少女だ。

こうやって街中を歩くとすれ違う男性の多くが彼女に注目するほどであり、冗談抜きで不世出のアイドルにだってなれるだろうと思う。

けど、当の星ノ瀬さんは、自分の美貌を活用するのに抵抗を感じているように見える。

「ふふ、それにしても久我君は凄いわね」

「え……？」

「私が恋愛レッスンを始めてからそんなに経ってないのに、確実に女子に慣れていって、

話術や心構えも成長しているじゃない。いいねポイントだって集まってきているんでしょ？」

夕暮れのオレンジ色に染まる景色の中で、星ノ瀬さんは無垢な笑みで俺を褒めてくれる。生徒の成長を喜ぶ、熱心な先生のように。

「何より凄いのは、やっぱり熱意ね。まさか毎日自主練習してるなんてびっくりよ。真面目というか熱血というか、君の恋愛に憧れるエネルギーを見誤っていたわ」

「いや、それは何度も言うけど星ノ瀬さんの指導がよかったから——」

「ううん、私は教科書通りのことを教えただけ。結果が出たのは、久我君が私の想定の何倍も頑張ったから」

星ノ瀬さんはそう言ってくれるが、俺としては他の誰でもない星ノ瀬さんが恋愛教師になってくれたおかげだと思う。

教え方もさることながら、彼女は俺を笑わない。

俺の悪あがきのような恋愛への努力を、いつだって星ノ瀬さんは肯定して褒めてくれる。

だからこそ、俺はもっと自分を高めたい。

恋愛できる自分になりたいのはもちろんだが、それ以上に——この素敵な女の子の尽力に応えたいと思うから。

「いつか、君はFランク脱出どころかたくさんの女の子にモテモテになるかもね。そうなったら、私も流石にお役御免かな」

「………」

どう考えてもそんなモテ期はこないと思うが、それでも俺がある程度恋愛ランキングの順位を向上させることができたら、確かに星ノ瀬さんの契約は完遂されたことになる。

それは俺にとってのゴールでもあるのに——そんな『いつか』を想像するのはひどく抵抗があった。

「あー、えと、ところで……」

「？」

さっきまで自然体で話していた星ノ瀬さんだったが、急に何かを思い出したかのように言葉を迷わせていた。

「その、小岩井さんから聞いたんだけど、久我君ってこの間食堂前で男子と一悶着あったんだって？」

「ん、ああ。実はそうなんだ。いきなり声をかけられてさ——」

俺は一部始終を説明したが、星ノ瀬さんは小岩井さんからかなり細かく説明を受けたのか、ほぼ全ての部分をすでに知っている様子だった。

そう、まるであの騒ぎを直接見ていたかのように詳しく——溝渕が星ノ瀬さんにフラれた奴で、俺だけじゃなく星ノ瀬さんの悪口を言っていたことまで知っていた。

「そのことで、謝っておきたかったの。私が迂闊だったせいで二人っきりのところを目撃されて、結果として久我君が言いがかりをつけられたんだもの」

「いや、星ノ瀬さんが謝る必要なんてないって。そもそも俺はあの手のFランクを馬鹿にしてくる奴は何とも思わないし――」

そう、俺のことなんてどうでもいい。

あの手の恋愛ランキングでマウントを取りたがる空っぽ野郎なんて、中学の時から見飽きてるしな。

けど――

「あの場で言い争いみたいになってしまったのは、あの溝渕とかいう奴が星ノ瀬さんを悪く言ったからだよ」

「そ、そう……」

俺があの時の怒りを思い出していると、星ノ瀬さんは何故か顔を赤らめていた。

……星ノ瀬さんもあいつに腹を立てているのだろうか？

「星ノ瀬さんが本当に尊敬できるからこそ、余計に腹が立ったんだ。あんな素敵な女の子を、よくも軽々しく馬鹿にしやがったなって」

「ぶぇっ⁉」

俺の素直な想いに、星ノ瀬さんはかなり動揺した声を漏らして顔を朱に染めていた。

後から考えると、俺はこの時ブレーキが壊れていたのだろう。

あの溝渕という男子が星ノ瀬さんを馬鹿にしたことに未だ怒り心頭であり、その感情が自分の言動を顧みる冷静さを失わせていたのだ。

「星ノ瀬さんは凄いって学校の誰もが言うよな。それはもちろん俺もそう思うけど……俺が凄いなって思うのは、星ノ瀬さんが恋愛ランキングが一位だったり、誰とでも仲良くできるからじゃない」

「え……」

「的外れかもしれないけど……俺からすれば星ノ瀬さんは一位とかSランクみたいな肩書きが余計な、普通の女子に見えるんだ」

誰もが羨む恋愛ランキングトップの座。

しかしそれが星ノ瀬さんにとってプラスになっているようには、どうしても見えない。

「そんな子が重い肩書きに負けずに頑張っていて、普通の優しさを全然失っていない。俺が本当に凄いなって思うのは、むしろその点なんだ」

恋愛は、ほとんどの人間において強い関心事だ。

だからこそ、そこを数値化する恋愛ランキングは見下しや傲慢さなどを増大させてしまう。

そんな中で、ランキングトップに君臨しながらも人としての当たり前の優しさを失わない星ノ瀬さんは——本当に得がたい存在なのだと思う。

「そんな本質的なとこを全く見ないで、あの溝渕って奴は星ノ瀬さんのことを、恋愛ランキングトップの地位を笠に着た傲慢な奴みたいに言いやがった。それだけは……本当に許せなかったんだよ」

「────」

俺が胸中にあった想いを全て述べると、星ノ瀬さんは虚を突かれたような表情で言葉をなくしていた。

どんな感情を抱いているのか──ただ呆然と俺の顔を眺めている。

（………………って、何をべらべらと語ってるんだ俺は⁉）

スッキリと語り終えてから、俺は今自分がいかに勝手な分析やキモい憤りを口にしていたのかに気付いて急速に青ざめた。

ば、馬鹿か俺は！　星ノ瀬さんとの会話に慣れすぎたのが災いしてつい余計な話を！

「……久我君」

「あ、は、はい……！」

下手をすれば、これまで築いた関係が崩れる──その可能性に俺の背中は冷たい汗をかいていた。

「──ありがとう。ちょっと不意打ちだったけど、そんなふうに思ってくれていて嬉しい」

俺の勝手な思い込みによる独白が星ノ瀬さんにはどう聞こえたのか、美貌の少女ははにかむような笑みを浮かべながら、嚙みしめるように感謝を口にした。

「私を……普通の女の子だって言ってくれて、ありがとう」

「……星ノ瀬さん……」

オレンジ色の夕暮れが薄闇に変わりつつある中で、星ノ瀬さんは空を仰いでそう口にした。その胸中に去来しているものは俺にはわからないが、それでもその言葉からは、長い時間で蓄積している苦悶のようなものを感じてしまう。

「さて！　せっかくだし何か食べて帰りましょうか！　恋愛レッスンのお店デート編ってことで！」

「え!?　い、今から!?」

唐突に元の調子に戻った星ノ瀬さんは、ふと思いついた提案を口にして俺を大いに慌てさせた。

た、確かにありがたいレッスンだけど、デートする相手もいない俺にはちょっと早すぎる授業じゃないか？　いや、確かに恋人ができてから学ぶのも遅いと思うけど……！

「ふふ、久我君は何がいい？　今日はとっても気分がいいから、カロリーを無視してラーメンでもハンバーガーでも――っ!?」

そこで、星ノ瀬さんは凍りついた。

弾んだ声は立ち消え、全身の動きが止まる。

薄暗くなった街中の向こう――見覚えのない制服を着た数人の女子を見て、完全に動きを止めていた。

「ん……？　え！　あーちゃん!?　うっわぁ、久しぶり！」

星ノ瀬さんの視線に気付いたのか、その女子たちの一人――ショートカットの少女は笑みを浮かべてこちらへ駆け寄ってきた。

「……ちーちゃん……」

(……友達、か？　でも、それにしては……)

ちーちゃんと呼ばれた同じ歳くらいの少女は笑みを浮かべているが、星ノ瀬さんの表情はまるで凍てついたようだった。

「あれ、そっちの人は彼氏？　そっかぁ！　中学の時と違って高校では彼氏を作るようにしたんだね！　うん、すっごくいいことだよ！」

俺の目から見て、この女の子に悪意はないし特に問題のあることは言っていない。

けれど、星ノ瀬さんの顔色はどんどん悪くなる一方で、もはや真っ青と言っても過言じゃなかった。

「っと、ごめんね！　私これから用事があるから今日はこの辺で！　今度会ったら彼氏さんの話を聞かせてねー！」

そう言い残すと、ショートカットの女子は待たせていた友達とおぼしき女子たちと合流して去っていった。

後に残されたのは——状況が把握できていない俺と、未だに青ざめた顔をしている星ノ瀬さんのみだ。

「だ、大丈夫か星ノ瀬さん？　顔色がかなり悪いぞ」

「ううん……平気よ」

そうは言うものの、彼女の青ざめた顔を見るにまったく平気とは思えない。

何かに怯えるかのように、全身から活力が失せていた。

「ごめんなさい、久我君。ちょっと体調が悪いみたいで……夕飯はちょっとまた今度にさせて」

「あ、ああ、それはもちろん大丈夫だけど……」

「本当にごめんなさい。それじゃ……お先に失礼するわね」

そう言い残すと、星ノ瀬さんはフラフラと歩き出して雑踏の中に消えていった。

その背中に向けてせめて送っていくと言いたかったが、今は一人になりたい気分であることは察せられたので、喉まで出かかった言葉を飲み込む。

（あんなに顔色が悪くなるなんて……）

いつも朗らかで明るい星ノ瀬さんの、あんな青ざめた顔を見たのは初めてだった。

どうしても彼女を心配してしまうが、俺にはただ星ノ瀬さんの去って行った方角を馬鹿みたいに眺めることしかできない。

そのことに対し――俺は分不相応とも言える悔しさを覚えていた。


星ノ瀬さんと美容院に行った翌日。

俺は朝から星ノ瀬さんの席にチラチラと視線をやり、彼女が来るのを待っていた。

（……元気になっていればいいけど）

俺は昨日自宅に戻ってから、隣の部屋で一人で過ごす星ノ瀬さんのことを夜通し考えてしまっていた。

あの昔の友達っぽい女子と一体何があったのかは知らないが、あの時の星ノ瀬さんの顔色は今にも倒れそうだった。

だからこそ、今朝元気に登校する星ノ瀬さんを見て安堵したかったのだが――

結局、朝のホームルームが始まっても彼女の姿はなかった。

「さて、今日のお休みは星ノ瀬さんね。ちょっと高い熱が出ちゃったみたい」

「…………」

担任の魚住先生からそう聞かされても、少し前までの自分ならなんとも思わなかっただろう。

せいぜい『美人でも風邪は引くんだな』くらいにしか思わなかったはずだ。

だけど、今は――俺は知っている。

星ノ瀬さんが、家族と離れて一人暮らしをしていることを。

家事が壊滅的にダメで、自分で病人食を作るスキルに乏しいことを。

そして昨日、顔面が蒼白になるくらいのショックを受け――弱ったメンタルを抱えたまま一人で発熱に苦しんでいることを。

「おいおい、ずいぶん深刻な顔してるな錬士」

「俊郎としろう……」

　俺はよほど険しい顔をしていたのか、後ろの席の友人はちょっと驚いたような様子で話しかけてきた。

「……てか、星ノ瀬さんか？　まだ詳しく聞いてないけどお前らってば本当にどんな関係なんだかな」

　どういう関係――そう問われたら、俺は即座に答えられない。

　恋愛レッスン教師とその生徒。

　家事アドバイザーとその生徒。

　同じマンションに住むお隣さん同士。

　それは全部正解なのだが、それらの内のどれか一つだけを俺たちの関係としてラベリングするのは不適切のように思えた。

「なあ、俊郎。これはもしもの話なんだけどさ」

「うん？」

「風邪を引いた一人暮らしの女の子の家に、男一人でお見舞いに行く。これって、どんな関係だったら許される行為だと思う？」

「そりゃあ……家族か恋人以外は警察呼ばれても文句言えないだろ」

「まあ、そうだな。俺もそう思う」

　常識的に考えればその答えに一分の隙もない。

お互いが了解している関係——つまり、『お隣さん』や『協力相手』の分を超えることを行ってはならないのは当たり前だ。

だから、まあ——

どうしてもそうしたいのなら——それなりの覚悟が要るということなのだろう。


私——星ノ瀬愛理は、熱でぼんやりとした意識のまま自室の天井を見上げていた。

(こんなタイミングで熱が出るなんて……)

今日という日の殆どをベッドで過ごしたため、パジャマが汗で湿っているのが不快だったけど、着替える気力も湧かない。

一人暮らしは病気の時がしんどいと聞いてはいたけど、確かにこれは想像以上に辛い。

倦怠感と熱に苛まれているのに、食事の用意もなにもかも全部自分でやらないといけないのだから。

(風邪の時って……お粥とか雑炊とかよね。一応お米はあるけど、私じゃ上手く作れないわね……)

お腹はそれなりにすいているけれど、家の中にある食べ物は味の濃い冷食やレトルトとばかりで、とても食べる気にはならなかった。

（ふふ……久我君なら、どんなに風邪で辛くてもすっごく美味しい病人食を作ったりするんでしょうね）

少なくとも、今の私みたいに何も食べるものがないなんて状況に陥らないのは間違いない。本当に、私はなんとも家事が不得手だ。

（……昨日は、久我君に悪いことをしたわね）

一緒にごはんでもと言ったのは私なのに、急に帰ってしまったのは本当に失礼で申し訳なかったと思う。

けれどあの時は、とても気分を平静に保てる自信がなかった。

不意打ちみたいな再会に、あまり思い出したくないもので頭がいっぱいになってしまったから。

（ちーちゃん……）

彼女に会ったのは中学卒業以来だったけれど、やっぱり彼女の心にあの時のことは何も残っていないようだった。

けれど、それはそうだろうと思う。

あの時彼女は私に頭を下げて謝って、私はそれを作り上げた笑顔で許した。

その時点で、あの時のことは全部終わりだ。

けれど――どうしても、私はあの時の痛みを忘れられない。

ちーちゃんを恨んでいるんじゃなくて、あの時の恐怖と悲しさがもたらした心の傷が、未だに私の在り方を縛っている。

（………寂しい……）

熱の苦しみと、忘れようと努めていた過去の痛み。

その二つがひどく私の心を弱らせていて、私以外誰もいない部屋の静寂が心細さをより強めていく。

そう、一人は辛い。だから、誰もが友達や恋人を求める。

けれど、私はあの時からそれが難しくなってしまった。

無邪気に友達を作って無垢に恋愛に憧れていたかつての自分が、あまりにも懐かしい。

弱った気持ちが、自然と瞳に涙を溜めていた。

気分の悪さと身体の辛さで、いよいよ嘔吐感すらこみ上げてきたその時――

閉塞した無音の部屋に、突如玄関のチャイムが響いた。

（……？　何だろ……）

本当はベッドから身を起こしたくなかったけど、もし宅配の人だったら私が応じない限り何度も再配達させることになる。

ぼんやりとした頭でそう考えた私は、パジャマの上に部屋着のケープだけを羽織ってリビングにあるインターホンへと足を進めた。

「え――？」

私は、目を大きく見開いてしまった。

何故なら、インターホンのモニターに映っていたのは、宅配の人でも新聞の勧誘でもなく――

「……え、どうして……」

ただでさえ熱で混濁している思考は、モニターの通話モードで話すという考えすら失わせていて、私は重たい身体を引きずって玄関へと急いだ。

そして――

「あ、えと……！　ここ、こんばんは……！　キツい時にホントごめんっ！」

「久我、君……」

玄関ドアを開けると同時に外気が部屋に入り込み、訪問者であるクラスメイトの顔がよく見えた。

久我錬士君――私のお隣さんで、とあるきっかけで家事の先生をやってくれている料理上手な男の子。

恋愛のために日々努力している、真面目で頑張り屋さんの顔がそこにあった。

「あ、あああ、あの！　体調の悪い時にチャイム鳴らして悪い！　こ、これ、お見舞いの差し入れ！　迷惑だったら捨ててくれていいから！」

何故か酷く焦っているような声とともに、久我君は紙袋と保温カバーを被せた鍋を渡してきた。

私はそれを呆然と受け取りながら――熱でぼんやりとした頭に浮かんだ疑問をそのまま

口にしていた。

「……どうして、そんなに緊張してるの……？」

そう、久我君は私たちが交流し始めた頃に戻ったみたいに、ガチガチに緊張していた。

今でも女子への緊張は消えた訳ではなくある程度耐えられるようになっただけらしいけど、それでも私とは女子慣れの特訓をしていることもあり、最近は平静を装えるくらいにはなっていた。

けど今は――声が上ずっているばかりか滝のように汗を流していて、挙動の全てが油切れのブリキ人形みたいに硬くなっている。

「い、いやそれは……協力外のことだから……」

「……協力外……？」

「と、とにかく、渡したやつ、良かったら食べてくれ！　それじゃな！」

それだけを言い残して、久我君は緊張に耐えかねたようにお隣である自分の家に入っていった。

そして残された私は、普段より働かない頭でぼんやりと考える。

『協力外』とは、一体何のことだろうと。

（……ああ、そっか……）

そして、私はようやく理解する。

あの電子レンジの火事騒ぎ以降、私たちが一緒にいたのはいつも協力関係に基づいてのことだった。

放課後に資料室で一緒にいるのも恋愛レッスンのためであり、お互いの家に行き来しているのも家事指導のため。昨日の美容院だってその一環だ。

けれど、今日のこれは違う。

私が風邪を引いて、それを心配した久我君はお見舞いの差し入れを持ってきてくれた。

『協力』に関係ない――久我君の純然たる厚意だった。

「――――」

そう考えた時、私の胸にわだかまっていた黒いモヤモヤの多くが溶けるように消えてくれた。その代わりに、弱った心を補うような何かが、胸の奥から少しずつ湧いてくるような感覚があった。

「いっぱい、もらっちゃったわね……」

私はとりあえず玄関のドアを閉め、もらった差し入れをリビングに運んだ。

紙袋の中は、病人のためのセットだった。

スポーツドリンク、ミネラルウォーター、プリン、栄養ゼリー飲料、風邪薬、バニラアイス。どれもこれも、今の私にはとてもありがたい。

それと――保温カバーの中には、小鍋とタッパーが入っていた。

小鍋の中身は玉子、椎茸(しいたけ)、人参、白菜などが入った五目雑炊であり、久我君の手作りなんだろう。

タッパーには加熱済みの鶏団子が入っていて、『食べられそうだったら入れてくれ』という彼らしい気遣いのメモ書きがついている。

「ふふ……お母さんみたい……」

私は今日初めてかもしれない笑みを浮かべ、差し入れの鍋に鶏団子も入れてコンロにかけた。

少しすると鍋はグツグツと煮え始めて、私の部屋に手作り料理の香りが満ちる。

「いただきます……」

ダルい身体のままにテーブルについた私は、取り分けた小皿の中で湯気を立てる雑炊に手を合わせ、熱々のそれをスプーンで口に運んだ。

「ん、はふっ……美味しい……」

今日一日ほとんど食べ物を口に入れていなかったことを差し引いても、ショウガが効いたそれはとても美味しく、身体がとても喜んでいるのがわかった。

そしてそれ以上に――

（ああ……）

さっきまで冷え切っていた心に、温かいものが満ち溢れていた。

久我君の気持ちが、その優しさが胸に染み渡る。

私のことを心配してお見舞いに来てくれたこと、私のためにこんな美味しいものを作ってくれたこと。

その想いと行いの全てが、涙が出るほどに嬉しかった。

「……もう、いつの間にこんなにイケメンな真似ができるようになっちゃったの」

雑炊の熱さのせいか、私の瞳はいつの間にか潤んでいた。

身体がポカポカと暖かくなっており、この私だけしかいない部屋にいながらも、いつの間にか孤独感は胸の中から溶けて消えていた。

「……ありがとう、久我君」

万感の想いを込めて、私は彼に深くお礼を唱える。

今日この日に抱いた心が満たされる感覚を、彼の顔と一緒に何度でも思い出せるように。


小鳥がチュンチュンと鳴く、登校前の時間。

俺こと久我錬士は、モヤモヤとした気持ちを抱えたまま朝の身支度を進めていた。

（昨日は、かなりお節介したな俺……）

お節介とは、言うまでもなく星ノ瀬さんへのお見舞いのことだ。

普通、一人暮らしの女の子のお見舞いなんて同性の友達か家族、ないしは恋人にしか許されない行為であり、俺はその資格を満たしているとは言えない。

けどそれでも、俺は彼女にお見舞いの差し入れをしたいという衝動を抑えきれず、それを実行した。

（踏み込みすぎちゃったのは確かだな。もしかしたら嫌われるかもしれないけど……まあ、その場合は仕方ないな）

俺は、星ノ瀬さんのプライベートな事情を知りすぎてしまい、彼女が一人で熱に苦しんでいる姿をより鮮明にイメージできてしまったのだ。

だからこそ、余計なお世話を焼かずにはいられなかった。

（さて、じゃあ行くか。星ノ瀬さん風邪が治ってるといいけど——）

そう胸中で呟きつつ通学カバンを手に玄関のドアを開けると——

「おはよう、久我君」

「っ⁉」

そこには、今俺がずっと頭に浮かべていた少女が、俺を待ち伏せるかのように制服姿で立っていた。

「ほ、星ノ瀬さん⁉　ど、どうして……もう身体は大丈夫なのか？」

「ええ、昨日の夜には平熱になったわ。うん、やっぱり健康って素晴らしいわね」

玄関を開けたら、『恋咲きの天使』が俺を待っていた——そんな予想外すぎる状況に狼狽する俺とは裏腹に、星ノ瀬さんは実に上機嫌だった。

「ええと、まずこれね。ちゃんと洗ってあるから」

「あ、ああ……」

　未だに混乱している俺に渡されたのは、俺が昨日渡した雑炊の鍋やタッパーが入った保温カバーだった。

　俺はとりあえずそれを受け取り、玄関の靴箱の上へと置く。

「いやもう、流石久我君よね。すっごく美味しかったわ。お鍋全部をペロリと平らげちゃって、おかげで今日は元気いっぱいよ！」

「そ、そうか……良かった」

　どうやら雑炊は口に合ったようで、俺のお節介が迷惑になってなかったことにかなり安堵する。

「……一人暮らしの風邪って初めて経験したけど」

「え……？」

「本当にキツくて心細くて辛いわね。余計なことがどんどん頭に浮かんじゃって、なんだかずっとネガティブな気分になってたわ」

　身体がしんどい時の、一人暮らしの孤独感。

　星ノ瀬さんにとってもそれは辛いものだったようで、語るその表情には深い疲れが薄らと見える。

「だからね、凄く感謝してる」

「え――」

　不意に星ノ瀬さんが俺へと一歩歩み寄り、その白い手を俺の手に絡ませた。

彼女が俺の手を両手で包んでいるのだと理解するのに、たっぷり数秒はかかった。

「え、え……!? ほ、星ノ瀬さん？」

「このお礼は、いつか必ずさせて欲しいわ。どうやって返すのかすぐには思いつかないけど……そうね、私が久我君の言うことを何でも聞くとかでもいいけど」

「ふぁっ!? な、何言ってんだ!?」

からかっているのか本気で言っているのか、星ノ瀬さんは俺の手を握ったまま思案するかのような顔でそんな爆弾発言をぶちかます。

（……や、やばい！ このままじゃマジで気を失う……！）

彼女の信じられないほどに艶やかな指が俺の手に、蠱惑的な感触を伝え続け――俺は脳のヒューズが飛んでしまわないようにと必死だった。

俺の女子緊張症は耐性こそ多少ついたものの克服にはほど遠く、会話ならまだしも女子との身体的な接触は俺のキャパを超えてしまうのだ。

「――ありがとう、久我君」

顔を真っ赤にしている俺に、星ノ瀬さんは至近距離から囁くように言う。

「お見舞い、本当に嬉しかった」

そして、誰しも憧れる美貌が無垢な笑顔となって、星ノ瀬さんは心からの感謝を告げる。

それは俺一人に向けられたものだとは信じ難いほどにあまりに素敵な――大輪の花が咲くような笑みだった。

十章

それは祝福ではなく呪いのようだった

Chapter

星ノ瀬（ほしのせ）さんが風邪から回復して、一週間が経過した。

俺の生活は一見以前と変わりないように見えたが、その実凄（すさ）まじい変化が起こっていた。

まあ、具体的には――

星ノ瀬さんから、たまに個人的なメッセが届くようになったのだ。

星ノ瀬＞『昨日またゴミ出しを迷ったんだけど、ケチャップの容器とかあるでしょ？　あれってペットボトルなの？ プラゴミなの？』

久我＞『それはプラゴミだよ。容器にはどっかに必ずプラかＰＥＴってマークがあるから、それで見分けたらいい』

星ノ瀬＞『え、そんなのあったの!?　うん、わかったわ！　ありがとう久我（くが）君！』

そんな感じで、内容は生活に関するちょっとした質問なんかが多い。

けれど、たまにコンビニで何かオススメのスイーツはないかとか、今日は日直なのに日誌に書くことがないのよね、などの雑談や愚痴も交じるようになった。

本人曰（いわ）く、『久我君の恋愛レッスンの一環よ。女の子特有の唐突で気まぐれなメッセだけど、なるべく返信してくれると嬉しいかな！』とのことで、もちろん俺は全てのメッセに返信している。

「はいはい、みんな朝のホームルーム始めるわよー」

皆に隠れてコソコソと星ノ瀬さんへのメッセを返していた俺は、担任の魚住先生が入ってきて、慌ててスマホを隠した。

「えーと、家庭学の芝崎先生から連絡があるわ。この間プリントを配った通り、来週には調理の実技テストがあるので、全体のリーダー一名を選出して、献立の内容を今週中までに提出してほしいそうよ」

（家庭学の実技テスト……そういやそんな時期か……）

家庭学という教科は、以前は『家庭科』と呼ばれていたらしい。

しかし国が学校に恋愛教育を施すと決定したと同時に、少子化改善のために家庭教育の内容や重要度も見直されて科目名が変わったのだという。

昔は美術や音楽と同じくらいの扱いだったらしいが、現在では家事・家計・防災・料理などを学ぶ重要教科の一つで、大学によっては入試にも取り入れている。

「いやー、昔は調理実習なんて作って食べるだけだったけど、今じゃれっきとした『テスト』で、評価も補習もあるなんて先生からしたら未だびっくりよ。まあ、おかげでお米を洗剤で洗っちゃう男子とかはいなくなったらしいけど」

最後の洗剤のくだりで、クラスの中に笑いが起きた。

いくら昔とはいえ、そんなアホなことをするのは小学生が限度だろうし流石にジョークだろう。

……なんか星ノ瀬さんがうぐっとした表情で顔を伏せたような気がしたが、気のせいだと思っておこう。

「まあ、そんな訳でホームルームの時間をあげるから、ちゃんと決めて報告しておいてね！」

そう言って、魚住先生は「職員室で仕事してくるからー」と言ってさっさと教室を出て行った。後は生徒の自主性に任せるということだろう。

「ええと、それじゃ話し合いを始めましょうか。まず――」

そして、先生と入れ替わりで学級委員の星ノ瀬さんが教壇に上り、会議の音頭を取り始める。だが――

（うーん、中々決まらないだろうなぁ……）

調理の実技テストは、個人ではなくクラス全体で評価が下される。

昔は班単位で採点していたらしいのだが、料理経験者がいるかどうかで班ごとの評価に大きな差が出るケースが多発したため、クラス全体で評価する形式に変えたらしい。

その形式に沿って、調理実技テストの際には全体を指揮するリーダーを一人選出する。

これは創作ダンスの授業におけるリーダーと似たような役割なのだが……なかなかやっかいな仕事なのだ。

「うーん、立候補者はやっぱり誰もいない？　一応これをやると家庭学の点数がちょっとプラスされるらしいけど」

星ノ瀬さんが司会に立って、会議を開始してから二十分後。

肝心の調理リーダーに就くのを、誰もが嫌がっていた。

「あー、悪いけどアタシはパス！　普段料理とか全然してないから、まともにリーダーとかできないっしょ」

「あ、あたしもみんなにあれこれ指示するのは苦手で……」

「リーダーが献立も考えないといけないんだろ？　ちょっとなあ……」

誰もがその役を敬遠するのは、純粋に責任重大だからだ。

調理実技テストのリーダーは、まず作る料理の献立を作る必要がある。

本当は皆で話し合って決めるものなのだが、実際に意見を出し合うと中々まとまらないので、ほとんどのクラスはリーダーが決めてそれに他の生徒が従うという形を取っている。

そしてテスト当日、リーダーは皆が失敗しないように指導しないといけない。

さらに、皆の料理の出来があまりにも悪くて一定以上の評価を取れなかった場合は、クラスまるごと補習になるという多大なプレッシャーを負う。

（まあ、今回も公正にクジ引きかな……）

と、俺がことの成り行きを見守っていると――

「あ、じゃあ星ノ瀬さんにリーダーをやってもらうってのは？」

誰かが唐突に言ったその一言に、俺はギョッと目をむいた。

「ああ、そうだな。うん、星ノ瀬さんだったら安心だし」

「他に頼めそうな人いないもんね……」

「どうかな星ノ瀬さん？　お願いできない？」

（ちょ、ちょっと待て……！）

ほんの少しのきっかけで、クラスにはもうそういう流れができていた。

星ノ瀬さんに任せよう。星ノ瀬さんなら誰よりも立派にやってくれる。

だって、普段からあんなにも頼りになる人なんだから――と。

「あ、いや、えっと……」

皆からの期待のこもった視線を受けて、星ノ瀬さんは明らかに焦っていた。

顔色がどんどん青くなっていき、首筋に冷や汗すら浮かんでいる。

それも当然だ。

星ノ瀬さんは家事が大の苦手であり、調理においては包丁を片手で持つことをようやく覚えたレベルである。

調理実技テストのリーダーなんて、本人としてはどうあっても避けたいだろう。

（悪意はない……みんな純粋に星ノ瀬さんを信頼してる……）

皆が星ノ瀬さんを推しているのは、面倒な役を押しつけたいからじゃない。

皆の表情を見れば、単に星ノ瀬さんならできると信じているだけなのがわかる。

成績優秀でいつも頼りになる彼女なら、こんなことは軽くこなせるだろうと罪悪感なく期待を寄せているのだ。

(それにしても……俺以外に星ノ瀬さんが家事苦手って知ってる奴いないのかよ!? あれだけ交友関係が広いんだから、女子の一人や二人くらい……!)

俺はクラスのギャル女子――小岩井さんの方へ視線を向けるが、彼女は星ノ瀬さんを推薦こそしないものの、壇上の星ノ瀬さんが狼狽しているのを見て不思議そうに首をかしげていた。

どうやら彼女も、星ノ瀬さんの苦手を知らないらしい。

(う、頷くなよ星ノ瀬さん！ メチャクチャ苦手な分野だろ！)

クラスの皆の星ノ瀬さんを推す声は、さらに高まっていった。

そして、皆の期待が集まるほどに星ノ瀬さんの顔は青くなっていく。

そんな状況の中、星ノ瀬さんは身を震わせながらようやく口を開き――

「ええ、わかったわ……私が今回のリーダーをやってみる」

(な……！)

明らかに無理をした声で、どう見ても作り上げた笑顔で、星ノ瀬さんはそう宣言してしまった。

そして、教室の中に感謝の声が溢れた。

星ノ瀬さんに任せておけば大丈夫みたいなことを口々に言い、彼女が快諾したと誰もが信じ切っている。

（星ノ瀬さん、どうして……）

皆が安堵の息をつく中で、俺だけが信じられないという面持ちで彼女を見ていた。

どうして頷いてしまったのか。

一体どうして――そこまでしないといけないのか。

俺の胸は、その疑問で埋め尽くされていた。


「おかえり」

「あ……」

放課後から一時間半ほど経ち、日が落ちかけてきた夕方。

自宅マンションの廊下で待ち伏せていた俺は、買い物袋を抱えた制服姿の星ノ瀬さんを迎えた。

「……大変な役を引き受けちゃったな」

「あ、あはは……久我君から見れば呆れたわよね」

気恥ずかしげに頬を指でかきながら、星ノ瀬さんはぎこちない笑みを浮かべた。

俺たちが話しているのは、もちろん今日決まってしまった調理実技テストのリーダーのことだった。

「いい格好をしてあんなことを引き受けて、我ながら無謀よね。料理がダメダメな私が、実技テストの献立を考えたり皆に調理指導するなんて」

「星ノ瀬さんが料理苦手って誰も知らなかったのか？　一年生でも家庭学はあったんだから、その時のクラスメイトにはバレてるだろ」

「一年の頃は……凄く料理が上手な人が何人もいて、私は全然目立たなかったの。実技テストの時も無難なお手伝いだけで……」

なるほど、今まで家事ベタが周囲にバレてなかったのはそんなラッキーがあったからか。

「ま、まあ心配ないから！　今日中に献立を決めて、練習しまくるつもりだし！　ほら、試作用の食材もバッチリなの！」

言って、星ノ瀬さんはどっさりと食材が入ったスーパーのレジ袋を見せる。

その量の多さは、練習の過程で山ほど失敗すると見込んでいるからだろう。

「……なあ、頼ってくれないのか？」

「え……」

それを言うのは、それなりに勇気が要った。

お見舞いの時と同様に、俺たちの間にあるラインを少しだけ踏み越えようとする行為だからだ。

「今日のあのクラス会議の後、俺はずっとスマホをチェックしてたよ。でも、今の今まで、星ノ瀬さんから助けて欲しいっていうメッセは来てない」

「……………」

「迷惑ならもちろん何もしない。でも、俺としてはかなりモヤモヤする。あんなに世話になってる星ノ瀬さんが苦しい時に、得意分野で役に立てないのはさ」

協力契約の内容を鑑みれば、星ノ瀬さんからSOSがない限り俺は動くべきではないのだろう。それが、適切な距離感というものだ。

だから、こうして待ち伏せまでしたのは俺の欲求からの行動だ。

俺は、星ノ瀬さんに頼られたいのだ。

「久我君に……そこまでしてもらうのはダメよ」

協力契約を超えて、星ノ瀬さんの役に立ちたい。

そう伝えた俺に、星ノ瀬さんは苦しそうな声で返した。

「久我君も見てたでしょ？　私は致命的に苦手なことを、自分の体面のためだけに引き受けたの」

(体面のため……)

その言葉は、間違いではなくてもとても正確とは思えなかった。

星ノ瀬さんが皆の期待に応えた理由は、そんな単純な二文字で収まるものなんだろうか？

「そんな自爆みたいなトラブルに……久我君を巻き込む訳にはいかないから」

自然発生したトラブルならともかく、自分が意図して呼び込んだものに関してまで協力契約を適用するのは図々(ずうずう)しいと——そう星ノ瀬さんは言いたいらしい。

だけどな、星ノ瀬さん。

そう言われたら、やっぱり俺としては悲しいよ。

「……俺さ、今日の会議が終わった後、メチャクチャ後悔してたんだ」

「なんで俺はあの時リーダーに立候補しなかったんだって」

「え……？」

「は!?」

俺の唐突な吐露に、星ノ瀬さんは困惑と驚きが混じった声を上げた。

だが俺としては、今日一日中考えていたことだった。

「俺は星ノ瀬さんが料理が大の苦手だって知ってた。おまけに、自分は他のクラスメイトよりは料理に詳しいっていう自信もあった。つまり、俺は立候補する動機もその役をこなす力もあったのに、ただ黙っていたんだ」

というより、自分がそんな責任のある役に手を挙げるという選択肢が、頭に存在していなかったと言う方が正しい。

「全部終わった後にそれに気付いて、我ながら凄く情けなくなった。俺は恋愛力を上げる努力を……つまりカッコ良くなる努力をしてたはずなのに、あそこで動けなかった俺は、今思い出してもメチャクチャカッコ悪かった」

カッコ良い自分を目指すのなら、あそこは手を挙げないといけなかった。

自分の修行不足を、嫌でも痛感してしまう。

（今からでもリーダー交代ができればいいんだろうけど、まあ難しいだろうな……）

恋愛ランキングFランクで発言力が弱い俺が今更そんなことを言い出しても、皆は難色を示すだろう。

もう日数があまりないことを考えると、あんまり現実的じゃない。

「だからせめて、星ノ瀬さんの手伝いをさせて欲しい。カッコ悪かった自分をちょっとでもマシにしたいし――」

夕焼けが周囲をオレンジ色に染める中で、俺は隣人である少女に正直な気持ちを口にする。

「星ノ瀬さんが困っている姿を見ているのは、純粋に嫌なんだよ」

「な……っ」

色々と理由を並べたし、それはいずれも正直な気持ちだ。

だけど、最も大きい理由はそれに尽きる。

（……ん？）

言いたいことを言い終えた俺に対し、星ノ瀬さんは何故か顔を手で覆って小刻みに震えていた。

心なしか薄ら顔が赤くなっているが、その一方で妙に複雑な表情にもなっている。

「もう、本当に……ド真面目というか……全部素の気持ちで言ってるのがタチが悪いっていうか……」

感心と呆れが入り混じったような様子でそう口にし、星ノ瀬さんはゆっくりと俺へ視線を向けてきた。何だか、さっきまでの思いつめた雰囲気が和らいでいるようにも感じる。

「……そこまで言われちゃったら私もプライドとか捨てちゃうわよ？」

「ああ、どんどん捨ててくれ」

俺の返した言葉が少しツボに入ったようで、星ノ瀬さんはクスリと笑う。

その表情は、背負っていた重いものを下ろしたような軽快さがあった。

「私ってば学校では優等生みたいな扱いされてて、家事がド下手なのに料理のことで皆をまとめろとか言われて、絶賛大ピンチなの」

「ああ、知ってる」

困り顔で腕組みした星ノ瀬さんに、俺は苦笑しながら言葉を返す。

ついでに言えば、家事が苦手なこと以外にも、他人への気遣いに溢れていたり、人の本質を見る心を持っていたりすることも知っている。

「そんなちょっと抜けてる私を……久我君は助けてくれる？」

上目遣いで尋ねられたその問いに、俺は満ち足りた顔で大きく頷いた。

星ノ瀬さんの家を会場として、俺たちは調理実技テストの対策に励んだ。

なお、献立とレシピ自体はあっさりと決まった。

今回のテーマは『挽肉(ひきにく)をメインに使った夕食』なのだが、もの凄く無難にハンバーグ定食にしたのだ。

ハンバーグ、トマトサラダ、コンソメスープ、ライスの簡単夕食セットで、ハンバーグ以外はかなりお手軽だ。

ちなみに、テストは料理の出来映えのみならず献立も評価対象であり、あまりにも簡単な料理――たとえば目玉焼きだけみたいな手抜きだと大きく減点される。

その点ハンバーグは簡単でもなければ難しくもないちょうどいい料理と言えるだろう。

まあ、そこまではよかったのだが――

「ぼびゃっ⁉」

「あ、ああああ⁉　ご、ごめん久我君！　つい手が滑って！」

突如飛来した生ハンバーグが横っ面に直撃し、俺の視界がピンク色に染まった。

どうやら、星ノ瀬さんがハンバーグの空気抜きキャッチボールをミスって、肉の塊が空中を飛んだらしい。

まあ、目や口に入ったわけでもないので大したことはないのだが……。

「ほ、本当にごめんなさい……！　もう、どうして私ってばこう……」

ペコペコと頭を下げる星ノ瀬さんは、度重なる失敗に大分気落ちしていた。

もうかれこれ料理の練習を始めて四時間ほど経つが……星ノ瀬さんの調理ミスはかなりの頻度で発生している。

パン粉の代わりに食パンをそのままハンバーグのタネに混ぜ込んでしまったり、サラダの水切りを忘れてすごく水っぽくしてしまったり、コンソメキューブと間違えて角砂糖を入れて砂糖水を作ってしまったりと、まあ色々だ。

（本当に苦手なんだなぁ……）

まあ、誰にだって不得手はある。

スポーツにおいてボールをキャッチできない人は珍しくないし、どれだけパソコンを習っても操作がおぼつかない人もいる。

本人と波長が合っていないため、技術の習得が他人よりも大分遅いのだ。

（でも、本当に努力は惜しまないよな。そういうところ、凄く尊敬できる）

冷蔵庫のタッパーの中には、これまで失敗したハンバーグの残骸がいくつも並んでいる。

生っぽくなってしまったり逆に焦がしてしまったりしたやつで、これまでの星ノ瀬さんの苦難の軌跡でもある（なお、あとで工夫して美味しく頂くつもりである）。

普通、こんなにも不得意なことなら嫌になって投げ出したくなる。

けれど星ノ瀬さんはそれをしない。

俺に任せることもなく、『リーダーの私が皆に調理の指導ができないと意味がないから』と調理工程を習得するのに必死だ。

「……あと弱火で一分……今度こそ焼きすぎないように……」

数えること六回目の挑戦に、俺も思わず固唾を呑んで見守ってしまう。

途中で買い足した材料も、そろそろ底を突きかけている。

「ど、どう久我君⁉ これってもしかして成功⁉」

「おぉぉ……」

六作目のハンバーグは、これまでと違ってきちんと焼き色がついており添えられた人参のグラッセとベイクドポテトも、全く問題ない。

コンソメスープ、トマトサラダ、ライスはすでに完成しているし、後はこのメインのハンバーグが問題なければ……。

二人で祈るようにメインディッシュを見つめながら、俺はそっとハンバーグに箸を入れる。すると中からは溢れる肉汁とともに見事な焼き色が見えて、実にほどよく焼き上がっているのが確認できた。

「よし、これで完成だ……！ よく頑張ったな星ノ瀬さん！」

「ほ、本当……⁉ や、やったわあああああ！ ちょ、もう、何だか涙が出てきちゃったんだけど！」

まるでＲＰＧのラスボスを倒したみたいな雰囲気だが、夜遅くまでハンバーグと格闘していればそうもなる。

まだ反復練習は必要だけど、ひとまず完成までこぎ着けることはできた喜びが俺たちの胸に溢れていた。

「しっかし……すっごく疲れたわね……」

「ぶっ続けで四時間だもんな……」

疲労困憊になった俺たち二人は、台所の片付けもそこそこにリビングのソファに揃って腰を下ろした。

もうすっかり暗い時間であることもあり、二人ともヘトヘトである。

「ふぅ……こんなものしかないけど、ちょっと片付け前に休憩しましょ」

「ああ、サンキュー……」

手渡されたミルクティーのペットボトルを開け、お互いに喉の渇きのままにゴクゴクと呷った。疲れた身体に、こういう糖分アリアリの飲み物はとても効く。

「いや、本当にありがとう久我君……多分、君のアドバイスやダメ出しがなかったら、この十倍くらい時間がかかっていたわ……」

「いや、星ノ瀬さんはとんでもなく頑張ったよ。正直、感動した」

「ふふ……五人分の材料を失敗で使い果たした時は、度を越した自分の不器用さにちょっと絶望したけどね……」

ひとまずの成果を出してようやく少し気が楽になったのか、星ノ瀬さんは自嘲しつつも可笑しそうに笑った。

「あとはまあ、もう少し反復練習すればいけると思う。料理って手順さえ間違えなければ失敗はしないし、実技テストの採点もそこまで辛くはないしさ」

献立・レシピを真面目に作って当日に皆が真面目に調理さえすれば、数人が失敗したとしても補習まではいかないだろう。

「ええ、これでかなり安心できたわ」

ソファに深く身を沈め、人心地ついた様子で星ノ瀬さんは言う。

「これで皆の期待に応えられる。皆をガッカリさせないで、ちゃんと求められたことを果たせるわ」

「…………」

安堵が気を緩ませたのか、ふと星ノ瀬さんの口からそんな言葉が漏れた。

それは、単に彼女の誠実さと真面目さから出ただけの台詞にも聞こえる。

けど俺は、それを聞き流すことができそうになかった。

「なあ、星ノ瀬さん――」

「ん、何？」

同じソファに座る俺に、星ノ瀬さんが不思議そうな顔を向ける。

その様に、俺は胸に抱いた言葉を口にするか一瞬躊躇したが――それでも止めることはなかった。

「もう今後は、苦手なことは断ってもいいんじゃないか？」

「…………」

あのリーダー決め会議の時、俺は星ノ瀬さんが皆の要望に応えたことに『どうして』という疑問を抱いた。

星ノ瀬さんは、家事がすこぶる苦手だ。

なのになぜ、調理実技テストのリーダーなんて引き受けたのか？

どうして、私は苦手だから無理だと口にしなかったのか？

星ノ瀬さんが皆の期待に応えられなかったからといって、別にクラスの皆は怒って糾弾する訳ではないだろうに――

「前々から思ってた。星ノ瀬さんはどうしてそこまで皆の期待に応えようと――いや、どうしてそんなにも皆にとって完璧で遠い存在になろうとするんだ？」

「……っ！」

今までのどの状況よりも、俺は星ノ瀬さんの事情へ大きく踏み込んだ。

もちろん、星ノ瀬さんが教室でどう振る舞おうが、彼女の勝手だ。

けれどそれが今後も彼女を苦しめるかもしれないと考えると、どうしても言わずにはおれなかったのだ。

「……私が油断して、学校とは違うところを見せすぎちゃったのもあるけど」

隣に座る星ノ瀬さんは、うっすらとした力のない笑みを浮かべた。

「そもそも久我君って、人の心に鋭いよね。女の子が苦手なのに、女の子のことをよく見てる」

疲れたような笑みを浮かべたまま、星ノ瀬さんは俺の言葉を暗に肯定する。

知って欲しかったのか知られたくなかったのか、その表情から窺い知ることはできない。

「そもそも、俺に家事を教えて欲しいって切実に頼んできた時からなんか腑に落ちなかったんだ。あんなに友達がいっぱいいるのに、なんで俺なんかにそれを頼むんだろうって」

星ノ瀬さんの生活には今後親御さんの暮らしぶりチェックが入る予定であり、その結果によっては親元に戻される可能性もあると言っていた。

だったら生活能力の向上は早急に解決しないといけない問題なはずなのに、星ノ瀬さんは周囲のクラスメイトに助けを求めたりはしていなかった。

（その理由は……星ノ瀬さんと周囲の友達に一定の距離があったからだ）

女子たちとは普段からよくお喋りするし、一緒に遊びに行くし、恋愛や勉強の相談も熱心に乗ってリーダーとしてとても頼られている。

男子には誰とも交際しない宣言を出しつつ、誰にでも優しく接したり笑顔を振りまいたりで、まさに天使として扱われている。

だけど――

「他の友達には話してないんだろ？　家事が苦手とか、そういう星ノ瀬さんの弱点……いや、『普通の女の子っぽくて親しみやすい部分』のことはさ」

「……ええ」

星ノ瀬さんは周囲の期待に応え続けて人気を不動のものとしている。

けれど同時に、女子にも男子にも恋愛ランキング一位の『恋咲きの天使』としての顔だけを見せて、人間としての隙、プライベートな姿を隠している。

それは、自分を非人間化することとも言える。

「……俺には、星ノ瀬さんが自分をアイドルみたいな立ち位置に置こうとしてるように見える」

俺の乏しい語彙であえて言葉にすると、それが一番近い。

「それは皆から崇められたいってことじゃなくて……『凄く頼りになって誰からも愛されるみんなの星ノ瀬さん』ってイメージを加速させて、誰の手も届かない高い場所に自分を置こうとしてるって意味でさ」

星ノ瀬さんは意図的に親しい『友達』を作ることを避けて、『ファン』を作っている。

それも、アイドルを推しつつも嫉妬や過熱した恋愛感情などを持たない、ごくライトな『ファン』を。

（だから星ノ瀬さんは皆の期待に何でも応えようとするし、自分の弱みや人間らしいところを周囲に語らない）

思えば、クラスの皆が悪意なく星ノ瀬さんを調理実技テストのリーダーに据えようとしたのは、誰もが彼女を無意識に特別視していたからかもしれない。

星ノ瀬愛理は恋愛ランキング一位で、誰にでも優しくてコミュ力抜群なアイドル。

その認識が、彼女も苦手や悩みがある人間だという視点を曇らせ……あの推薦祭りに繋がったのではないかと思う。

「……そっか、そこまでバレバレなんだ」

疲れたようなその言葉は、俺が星ノ瀬さんの内面に踏み込んだ考察を認めるということでもあった。

「別に、星ノ瀬さんがどう振る舞っても自由だと思う。けど……」

それが星ノ瀬さん自身を苦しめるのなら、どうしても苦言を言わないといけない。

結果、星ノ瀬さんに嫌われることになったとしても。

「どうしても無理なことや、いきすぎた期待は断っていいんじゃないか？　今回みたいなことが続くと、いつか星ノ瀬さんが潰れちゃうだろ」

「……それは、ダメ」

苦しそうな顔で、星ノ瀬さんはそれを否定する。

皆から好意を向けられつつ遠い距離にいる存在――皆の偶像をやめるつもりはないと。

「私は、私らしくしたらダメなの。親しみとか隙を見せたらいけないの。だって、みんなの気持ちにバランスをとってあげないと……っ」

髪を振り乱し、星ノ瀬さんの声は内心の有様を示すように荒れ始める。

抱え込んだ苦悶が、全身から滲み出てしまっている。

「私は、恋愛ランキングに潰されてしまうから……！」

「え……」

部屋に響いたその叫びの意味が理解できず、俺は呆けた声を出してしまった。

恋愛ランキングに……潰される？

誰からも魅力的だと認められる、『恋咲きの天使』である星ノ瀬さんが？

「……ねえ、聞いてくれる久我君？」

今まで心の奥底に隠していたらしき疲労と苦悩が滲んだ表情で、力のない視線を俺に向けた。

今星ノ瀬さんは誰かに蓄積した苦しみを吐き出したいのだと、非モテである俺にすらわかった。

「私が、コイカツアプリも恋愛ランキングも大嫌いになった時のことを」


私——星ノ瀬愛理は、我ながらとても能天気でドジな子どもだったと思う。

小さい頃から不器用で、よく転んだり失敗したりして笑われた。

けど特に思い悩む性格でもなかった私は、ドジな愛理ちゃんと言われつつも友達と仲良くやれていた。

幼い時から、よく外見については褒められた。

親、親族、学校の友達は口々に私を可愛いと言ってくれた。

けどお子様だった私は『そうなの？　やったー！』くらいの受け止め方で、特にそのことについて深く考えることもなく小学生までを過ごした。

そんな私も中学二年生になり、いよいよコイカツアプリを使う年齢になった。

その時の私は、ドキドキしつつも期待に満ちていた。

年相応に恋に憧れていた私は、コイカツアプリが大人の世界への扉のような気がして——これで自分も漫画やアニメみたいな恋ができるんだと、胸を高鳴らせたのを憶えている。

そして、私がアプリに登録されると——瞬く間にその中学での恋愛ランキング一位になった。

すると、私の学校生活は一変した。

男子生徒からは山のように交際申請が来てしまい、毎日スマホの着信音が延々と鳴り続けるのは恐怖としか言いようがなかった。

女子生徒の多くは、私を普通に扱ってくれなくなった。

今まで仲が良かった友達も妙によそよそしくなったり、私を怖れたりした。

逆に何の接点もない女子からは、異常に恨まれたり陰口を叩かれたりした。

『今までランキング上位の生徒でも、ここまでのことになったことはなかった。星ノ瀬さんは、あまりにもみんなを惹き付けすぎるんだ』

相談した先生にそう伝えられた私は、自分が人並み外れて優れた容姿をしていることを自覚せざるを得なかった。

私は、他の生徒たちにとって劇薬のようなものなのだと。

『大丈夫だよ、あーちゃん！　みんなが何を言っても私があーちゃんを守ってあげるから！』

そんな中で、小学校からの友達だった近山千景ちゃん——ちーちゃんと呼んでいた彼女は私の味方だった。

彼女がそばにいてくれたから、私はなんとか中学生活を送れていた。

けどある日——私がとある男子生徒に詰め寄られるという事件が起きた。

その彼は私が交際申請をお断りした中の一人だったのだけど、どうしても気持ちが収まらないと迫ってきたのだ。

『俺のどこが気に入らないんだ！』

『あんなアプリでお断りされて納得できるかよ！』

『俺は本気で好きなのに、他の奴と一緒くたに扱うなよ！』

男子の力で腕を握られ、凄まじい剣幕で詰め寄られた時の恐怖は今も忘れられない。

途中で先生が通りかかって止めてくれたけど、私は次の日学校を休んで泣いて過ごしたことを憶えている。

結局、その男子は停学処分となり——その後私の前に現れることはなかった。

コイカツアプリによって多くなった男女間トラブルについては対策が強化されており、付きまとい、強要、暴力などには厳しい処分が下るのだと、私はその時初めて知った。

そうしてその件は一応の決着を見せたのだけど——けれど、一番ショックなことはその後にやってきた。

『どうして××君を取ったのっ⁉』

心に傷を負った私を待っていたのは、親友であるちーちゃんの責める声だった。

『いつもそう……！　キラキラしたあーちゃんの隣にいると、私は見向きもされない！いつもいつもあーちゃんが私を影にしちゃう！』

意味がわからずに呆然と彼女の話を聞いていると、私に詰め寄った男子はちーちゃんの好きな人だったということを、かろうじて理解できた。

『ズルいズルいズルい……！　顔が綺麗ってだけで誰からも褒められて、誰からも好きになってもらえて！　友達が好きな人だって簡単に自分のものにしちゃう！　あーちゃんは本当にズルいよ……！』

その親友の言葉に、私は自分の心が折れた音を聞いた。

心が歪むような悲しみに感情が空白になり、あの時は涙を流すことすらできなかった。

そうして、私は一つのことを悟った。

ちーちゃんもあの男子生徒も、ごく普通の人であり他人にひどいことを言う性格ではなかった。だけど、あの二人は異常な感情に取り憑かれて、普通では考えられない言葉を私に浴びせた。

『恋愛は人を狂わせる――』

甘い恋愛を夢見ていた私は、中学生の身でその結論に至らざるを得なかった。

彼らだけでなく、私に交際申請を送ってくる大勢の男子も、私を妬んで敵意を燃やす女子たちも、少なからず恋に狂っているのだと。

そして私は、生まれ持った容姿だけで人を惹き付けて、人に悪意を持たれる。

それは祝福ではなく、ある種の呪いのようだった。

そして、この大恋活時代において、見た目が優れた私を誰もが放っておいてくれないのだと、絶望的な気持ちで理解したのだった。


「――――」

俺――久我錬士は、星ノ瀬さんの中学時代の話を聞き終えて、そのあまりの内容に絶句せざるを得なかった。

俺や俊郎はこの大恋活時代における非モテの悲哀をよく叫んでいるが……今の話を聞いた後だとなんとお気楽な嘆きだったのかと思ってしまう。

「じゃあ、あの美容院の帰りに会った女の子が……」

「ええ、ちーちゃんはしばらくした後、私へ言ったことを謝ってきて……私はそれを受け入れたわ。もっとも、以前みたいな関係には戻らなかったけどね」

　あの時の『ちーちゃん』の何ごともなかったかのような様子からして、謝罪された星ノ瀬さんは相手のことを想って何も気にしていないフリをしたのだろうと思う。……おそらく、卒業までずっと。

　もしくは、自分の言葉が星ノ瀬さんのトラウマにまでなっているとは、まるで想像できていなかったのかもしれない。

「それから……私は考えたわ。一体どうしたらまともな学校生活が送れるのか。だって、大恋活時代の現代で逃げ場なんてなかったから」

　星ノ瀬さんが語ったようなトラブルは、決して少なくない。

　これは俺の体感と授業で教えられた内容を合わせた感想だが、コイカツアプリと恋愛ランキングは問題を山のように生む。

　恋愛弱者への差別の助長、スクールカースト意識の激化、ランキング差による嫉妬、仲違い、イジメ、自分をフッた相手への付きまといや暴言――とまあ、色々だ。

（そのことがよく批判されるけど……国の偉い人のスタンスは変わらないんだよな。『問題が多発しているのはわかっているが、この制度が少子化改善に劇的な効力を示している以上、廃止はありえない』とかテレビで大臣も言ってたし）

　その代わり、そういったトラブルを取り締まる仕組みは昔よりも大幅に強化されており、陰口程度ならまだしもイジメや付きまといなどは事実さえ明らかになればすぐに処分が下るし、場合によって停学や退学――時には警察も出てくる。

だけどそれはあくまで発生したトラブルを解決するための機能であり、異性を惹き付けすぎて学校生活が難しくなった女の子を救済するなんてことはできない。

「私が出した結論は、『強い感情を向けられない存在』になることだったの。誰からも好かれて敵意を持たれず、けれど誰からも身近な女の子としての生々しい感情を向けられない……ええ、久我君が言う通りアイドル化って表現が近いかもね」

同じ高校の普通の女の子――そう思うから妬みや敵意、過剰な恋愛感情が生まれてしまう。だから、一段高い場所にいる存在を目指したのだと星ノ瀬さんは言う。

「それは、今のところ成功してるわ。女子から敵意を抱かれることも少なくなったし、男子からの交際申請の量も熱烈に言い寄られることもかなり減ったもの。……もちろん、完全じゃないけどね」

それは、俺もクラスでの星ノ瀬さんを見ているから知っている。

二年生になってクラス替えがあった直後はともかく、今のあのクラスに星ノ瀬さんへの激しい妬みや恋愛感情の暴走はない。

「苦労したのよ？　この外見のせいで勝手に周囲は私をデキる女だと思ってくれるけど、元々成績だってあんまりよくなかったし、私ってば根本的にドジなんだもん。たくさん勉強したり皆を遊びに誘ったり……一年の頃から本当に色々やったわ」

「……大変だったんだな」

　これまで何度も思ったことだが、星ノ瀬さんの本質は恋愛ランキング一位の女王などではなく、明るくてちょっとドジなところもある優しい女の子だ。

　そんな子が、アイドル的な存在になるまでどれだけ苦労したのか……察するに余りある。

「一番簡単な解決方法は、誰か適当な人と付き合っちゃうことなんだろうけど……それはどうしても無理だったの。私ってば恋愛そのものにトラウマができちゃったし、とりあえず付き合うってことができない古い感性だから」

　確かに、星ノ瀬さんが自分の美貌（びぼう）を活かして彼氏を作りまくる性格だったなら、そんなにも思い悩まなかっただろう。

　実際、ギャル女子の小岩井さんなんかは容姿を活かして恋愛しまくっており、星ノ瀬さんのような悩みとは無縁に見える。

「だからこそ、恋愛相談が一番キツかったわね。みんな私を百戦錬磨だと思い込んで頼ってくるけど、実際は恋愛経験なんてゼロだから」

　恋愛経験ゼロ――星ノ瀬さんのトラウマを聞いた今ではそれが事実なのは疑いないが、こんな美貌の少女がそう口にするのは中々にファンタジーなことだった。

「最初はネットや恋愛情報誌を見てテンプレな解答ばっかりしてたわね。まあ、たくさんの相談自体が勉強になって、だんだん詳しくなっていったんだけど」

「え……ってことは、俺への恋愛レッスンも……」

「……ええ、凄く言いにくいんだけど……実はしたり顔で語っていた内容の全部が、勉強や相談経験からの外付けの知識で何一つ私自身の経験じゃないのよ。あはは……幻滅したわよね」

「い、いや、そんなことない！　だって、内容は全部的確だったんだから！」

確かにあの知識量が恋愛経験の豊富さではなく、勉強と相談対応の結果というのは驚きだが、あのレッスンはちゃんと実があるものだった。

「むしろ凄くないか？　Fランクの俺が、何人もの女子からいいねポイントをゲットできるまでに実体験抜きで育てたんだからさ」

「うーん、それは久我君の資質と努力が大きいと思うけど……君って成長力が半端なくて、なんだか悪い男の子を育ててるんじゃないかと思う時さえあるわ」

こんなFランク男子を摑まえて悪い男とはなかなか面白いジョークだったが、とりあえずそれはスルーする。

「まあでも……事情は理解したよ。もう安易に学校で無理するなとは言わないし、ほころびが出ないように俺も協力する」

あんなにも重たいトラウマを聞いた後では、星ノ瀬さんが必死に立ち回って築いたポジションを崩せとは口が裂けても言えない。

「でも、ずっと気を張っているとやっぱり疲れるだろ」

目の前の女の子が、自らへの縛りで潰れる——そんな末路を回避するために、俺は熱を込めて言葉を紡いだ。

「その……俺は星ノ瀬さんの本当の顔を知ってしまっている。だから──気が向いたら愚痴でもなんでも言って欲しい」

「久我君……」

俺の力なんて微々たるもんだが、今日のように星ノ瀬さんが自分のイメージを守るために協力できることはある。

そうすれば、星ノ瀬さんが恋愛ランキング一位という呪いによって受ける苦労も少しは和らぐだろう。

「もちろん、プライベートでの星ノ瀬さんのことは皆には黙っておくよ。空気抜きしてたハンバーグを、勢い余って人の顔面に直撃させた、なんてことも俺だけの秘密にしておく」

「ちょ、ちょっとぉ！　それさっき謝ったでしょ!?　私だってあんな大きなハンバーグが自分の手から消えたのが信じられなくて、本気で怪奇現象かと思っちゃったくらいなんだから！」

『空気がやや重くなった時は、ジョークを交えて場を軽くする』。これも星ノ瀬さんから教わった女子との会話術の一つだが、やはり有用だ。

星ノ瀬さんから教わったことは、何一つ嘘じゃない。

「もぉ……でも、久我君と話すときは本当に気楽ね。私のダメな部分を、全部知っちゃってるんだから」

ソファに深く身を沈めて、星ノ瀬さんはクスクスと可笑しそうに笑う。

普段張り詰めているものを、少しだけ緩めたかのように。

「……ありがとう久我君」

そして、星ノ瀬さんは隣に座る俺をまっすぐ見つめてきた。

そのあまりにも美しい瞳に、頭の芯が蕩けるような感覚に陥る。

「お隣に住んでいたのが……私の弱いところがバレちゃったのが、君で良かった」

Chapter 十一章

Fランク男子、一歩踏み出す

調理実技テスト当日——家庭学室にクラス全員が集まり、俺たちは決定されていたメンバーで班を作っていた。

「今更だけどどういうメンバー構成だよこれぇ！　恋愛ランキングの格差に呼吸すら遠慮しちゃいそうなんですけどぉ！」

俺と同じ班になった友人の里原俊郎（さとはらとしろう）が、ちょっぴり泣きそうな声で叫ぶ。

ただまあ、その気持ちはわからんでもない。

「おっすー千穂（ちほ）っち！　これまで話す機会なかったし、今日はしっかり絡も！　ほら、アタシのメッセＩＤこれだから！」

「ひ、ひぃぃぃぃ!?　きょ、距離感モンスター……！　私なんかイジる価値もないミジンコですから放っておいてくださいぃぃ！」

同じ班になった女子は、奇しくも俺が先日の恋愛実習で交流を持った女子だった。

陽キャオブ陽キャのギャル女子、小岩井杏奈（こいわいあんな）。

恋愛ランキング四五位のＡランク。

顔立ちは可愛いのに地味で自分に自信のないメガネ女子、葛川千穂。

恋愛ランキング一六七位のCランク。

おそらく葛川さんは誰とも話さず無難に調理実技テストを終えたかったのだろうが、同じ班に小岩井さんがいたのが運の尽きであり、今さっそくガンガンに距離を詰められている最中である。

「もう、小岩井さん。もうちょっと手加減してあげたら？　なんかもう、葛川さんの呼吸がもの凄く荒くなってるし」

そんな俺たちの班長（全体のテストリーダーも兼ねる）こそは星ノ瀬さんであり、俊郎が豪華すぎるメンバーと戦くのも当然だ。

恋愛ランキングで言うなら、S、A、C、F、Fという面子となり、男女の格差が酷い。

「いやぁ、普段あんまり顔合わせてない人と一緒に何かやるのって興奮して！　あ、もちろん愛理と一緒なのもテンション爆上げだし！　一緒に食べさせっこしてる写真をイソスタにアップするっしょ！」

「しないから⁉　ああもう、テンション上がりすぎでしょ！」

Sランクである星ノ瀬さんは、どの女子からも無意識的に身分が上であるかのように扱われる。だが小岩井さんはそんな意識がゼロのようで、まるでずっと一緒にいた親友みたいな距離感である。

「はぁ、はぁ……ひ、ひどい目に遭いました」

「ああ、お疲れ葛川さん」

日陰を愛する葛川さんは、天敵とも言える小岩井さんのアタックによってテスト開始前からかなり疲労していた。

なんともご愁傷様である。

「あぁ……久我君ですか。先日の実習ではどうも。あと、そっちは……ああ、声が大きな里原君」

「なんか馬鹿みたいな覚え方されてる……」

本人はやたらショックを受けているが、クラスメイトの俊郎に対するイメージは大体こうだろう。アクション芸人かってほどにいつも騒がしい。

「私、そちらの枠に入れてもらっていいですか……？　Sランクの星ノ瀬さんとAランクの小岩井さんにサンドイッチされたら、私なんて溢れる光で灰になるまで焼き尽くされそうなんですけど」

「そうかぁ？　Fランクの俺らから見たらCランクの葛川さんも十分に溢れる光なんだけどな」

俊郎の言葉に俺も無言で頷く。

というより、常に日陰に隠れているのにCランクになってしまっている時点で、葛川さんは十分に魅力的な存在なのだ。

（しかし……俺、星ノ瀬さん以外の女子とも普通に話せてるな。もちろん、全身がキュっ

となる感覚は変わらないけど）

どうやら、やはり俺の女子緊張症は慣れが重要らしく、ある程度交流ができた女子に対しては心の乱れが緩和されるらしい。

まあ逆に言えば、ほぼ接点がない女子との接触は、未だにガチガチになってしまうのだが……。

「あ、久我君。ところで最終確認いい？　この皆に配った材料だけど――」

「ああ、この分量で大丈夫だよ。……て、ん⁉　ちょ、あの班のテーブルに出ているの、ウスターソースじゃなくてめんつゆだ！」

「え？　きゃ、きゃああ本当だわ⁉　ちょ、ちょっとそこの班長さん！　他のクラスの調味料と間違えているわよ！」

星ノ瀬さんは実技テストリーダーとして、材料調達の指示やらレシピの配布に加え得て当日の準備指導も担当している。

それを俺も陰ながら手伝っているのだが、ここまで家庭学が重要視される時代でもやっぱり料理に疎い生徒は少なくないと実感する。

「ふう……念のため見回ってきたけど、材料チェックはどこの班もこれでOKね。ああもう、やる前から疲れるわ……」

「まあ、レシピは配ってるし、みんな補習がかかっているんだから真面目にやるさ。俺も気を配るからちょっとリラックスしてくれ」

「うん……ありがとう久我君」

　そうやって星ノ瀬さんと軽い打ち合わせをしていると――

「「「…………」」」

　同じ班にいるメンバーの目が、驚愕に見開かれているのに気付いた。

「え……なんで星ノ瀬さんと久我君、そんなに気安いんです……？　実は幼なじみとかそういう裏設定ありなんですか？」

「れ、錬士……お前さては偽者だな!?　女子ビビりのお前がSランクの星ノ瀬さんとそんなに滑らかに会話できるか！　正体を現せ！」

「ふぅーん……ほぉーん！　いや、思った以上にいい感じになってるっしょ！　うんうん、やるじゃん久我！」

　その三者三様の反応に、俺と星ノ瀬さんは揃って『しまった……！』という顔になる。

　ここ最近は星ノ瀬さんの家で調理実技テスト対策をしていたことなどもあり、お互いにすっかり気安くなってしまっていたのだ。

「あ、いえ、そのね？　久我君には同じ班なこともあって、ちょっとお手伝いを頼んでいたの」

「へぇ……なんかそれにしては、星ノ瀬さんメッチャ汗かいてますけど」

　ふふっとニマニマした表情で葛川さんがからかい、星ノ瀬さんはますます汗の量を増した。

俺との実習でもそうだったが、このメガネ少女は引っ込み思案な割に興味を持った他人へは割と口を開く傾向にあるらしい。

「はいはい！　それじゃみんな席に戻って！　これから実技テストを始めます！」

雑然とした家庭学室の雰囲気を引き締めたのは、家庭学担当教師の芝崎先生の声だった。

「事前にお知らせしておいた通り、六班に分かれて全員一食分の献立を作ってもらいます。調理自体はメイン担当が全員分のメインを作って、副菜担当が全員分の副菜を……みたいな感じでも構いません。リーダーは皆がちゃんと料理を完成させられるよう指導をお願いしますね」

芝崎先生は、おっとりした四十代半ばくらいの女性教師だ。

熟練の主婦みたいな雰囲気で、基本的に温和な人なのだが――

「いいですかあなたたち。昭和や平成と違って今は令和！　男も女も家のことができるのは当たり前！　将来結婚した時に『自分は料理できない』とか寝ぼけたことを言ったら即離婚の危機だからちゃんとやるように！」

ご家庭で何かあったのか、『学生の内に家事ができるようになりなさい』という教育理念があるようで授業でふざけたりする生徒には容赦がない。

「それじゃ、そろそろテストを開始するわ！　リーダーの星ノ瀬さんの指示に従って、班長は自分の班をまとめるように！」

そうして、いよいよ実技テストはスタートした。

レシピも材料の準備も練習量も問題ないはずだが、それでも星ノ瀬さんは苦手分野でのリーダーで緊張しているだろう。

(ちゃんと助けないとな……俺以外は星ノ瀬さんが料理下手なんて知らないんだし)

俺は密かな決意とともに、エプロンの紐をきゅっと締めた。

「ほ、星ノ瀬さん……タマネギの飴色ってこんな感じでいいの？」

「うーん、もうちょっと炒めた方がいいわね。茶色っぽくなったら大丈夫よ！」

「なあ星ノ瀬さん、ベイクドポテトがなんか固いんだけどよ……」

「それなら電子レンジで加熱すれば大丈夫よ！　やり過ぎたら軟らかくなりすぎるから、加減してちょっとずつやってね！」

「な、なんかサラダを盛ったお皿の底に水たまりができるんですけどぉ……」

「ああ、それは水切り不足ね！　備品のサラダスピナーがあるから、それでちゃんと水を飛ばせばＯＫよ！」

実技テストが開始されてから、星ノ瀬さんの働きは目覚ましかった。

いつも通りの彼女、クラスの誰からも頼られる人気者として、花咲くような笑顔で皆の問題を解決していた。

（練習の成果がこの上なく出てるな……）

星ノ瀬さんは先日の自宅での練習にて、今他の生徒から相談されているような失敗を山ほど繰り返した。

そしてそのたびに俺のアドバイスなどで解決法を身につけていったのだが、その積み重ねが強固な経験値となって彼女を支えているのだ。

「星ノ瀬さんって本当に頼りになるよねー……」

「いつもすっごいよね。あんなに可愛くて勉強もできて、おまけにお料理まであんなにわかりやすく皆を指導できて……」

「あーマジ彼女にしたい。弁当作ってもらいてぇ」

「おいおい、妄想はやめろって。同じクラスになれただけラッキーだと思えよ」

星ノ瀬さんの指導の優秀さに、誰もが口々に彼女を褒め称える。

まさしく今の星ノ瀬さんは、彼女が願った通り『誰からも好かれていて、敵意も過度な恋愛感情も抱かれないアイドル』という存在になっている。

「錬士。お前なんでそんなにニヤニヤしてるんだ？　推しアイドルが褒められた時のファンみたいな顔してるぞ」

「……マジか？」

俊郎に指摘されて、俺は調理中の手を休めて思わず自分の顔を触ってしまった。

……なるほど。

どうやら俺は、星ノ瀬さんが周囲に褒められるのが嬉しいらしい。

「ところでさー、久我ヤバくない？　そんなスピードで野菜切る人、動画でしか見たことないんだけど」

「い、いやまあ、こんなの練習すれば誰でもできるって。あ、葛川さん。スープどうかな？」

「ふふ、いくら私でもこんなコンソメキューブを入れるだけの簡単なお仕事なら……って、あ!?　ぐ、具のタマネギ入れ忘れてました！」

「あっはっは！　ドンマイっしょ千穂！　アタシとか一年の時、皆でカレー作った時に炊飯器のスイッチ入れ忘れちゃって、米なしカレー食べさせた大戦犯になっちゃったし！」

「そんな極悪な罪と一緒にしないでくださいよ!?」

星ノ瀬さんは皆への指導のため他の班へ行っている時間が長いが、俺たちの班も特にトラブルなく調理工程は進んでいった。

そして――

「はいじゃあ、準備できた班からハンバーグを焼いて！　火を入れる時間は渡したレシピのメモを参考にすればいいけど、必ずお箸を刺して焼き具合を確認してね！」

いよいよ実技テストも後半に入り、星ノ瀬さんは皆に指示を飛ばした。

すでにどこの班もスープ、サラダ、付け合わせ、ライスは出来上がっており、後はハンバーグさえ焼ければ文句なしにテストは及第点だろう。

「ふぅ……みんな、ごめんね。なかなか班での調理に参加できなくて」

「いやー、当たり前だし気にすることないっしょ。アタシとかリーダーやれって言われたらマジでネットのレシピ配るだけだし。愛理はマジ偉いって」

自分の班に戻ってきた星ノ瀬さんを、小岩井さんが労った。

そしてそれは、俺も全面同意である。

「ああ、同感だ。星ノ瀬さんは凄く偉い」

「なんか、久我君って星ノ瀬さんのことになると声の音量が上がってないですか？」

葛川さんがちょっと呆れたように言うが、あるいはそうかもしれない。

星ノ瀬さんの過去、そして現在の努力を知るにつれ、俺の星ノ瀬さんへの尊敬の念は高まる一方なのだから。

「おー、すっげえいい匂いがしてきてメッチャ腹減ったぜ。やっぱハンバーグはシンプルだけど正義だわ」

俊郎の言う通り、家庭学室の中は肉がジリジリと焼ける音と、食欲をかき立てる匂いが満ちてきていた。

特に男子はこういうのに弱く、皆もハラペコな顔をしている。

「ええと、久我君……あとはみんなの焼き具合だけチェックすれば終わりよね？」

「ああ、多分生焼けのやつは出てくるだろうけど、ゆっくり弱火で焼き直すように言えばいいさ。それで大体終わりだ」

この調理実技テストは個人の出来映えではなく、クラス全体を見て評価が決定する。よほどの不真面目や準備不足、あとはかなりの人数が失敗するなどのことがなければ落第点で補習という事態にはならない。

なので、後はそこまで心配することは――

「ん……ありゃ？　な、なんか崩れたぞ？」

そう思ったその時――

ハンバーグを焼いている俊郎が焦りの声を上げた。

「おい、どうした？　ハンバーグをひっくり返し損ねたか？」

「い、いや、俺は何もしてねえって！　普通に焼いてたらなんかポロポロと……」

「そんな馬鹿な……って、え⁉」

フライパンの中をのぞき込むと、確かに俊郎が焼いているハンバーグは自然と形が崩れてボロボロになっていた。

だが、正直原因がわからない。

ちゃんと空気抜きもしたし、タネに入れたタマネギも冷やしたのに……。

「あ、あれ⁉　な、なんだかボロボロになってきたんだけど？」

「うわわ⁉　なんか俺間違ったか？　形が崩れてきたぞ！」

(な……っ)

そして最悪なことに、その現象は他の班でも多数発生しているらしかった。

問題なく綺麗(きれい)に焼けている生徒の方が少ない。

「ど、どうして……⁉　あんなに見回って、みんな問題ないって思ったのに⁉　私が失敗したところ、全部気を付けていたのに！」

悪夢のような状況に、星ノ瀬さんは愕然(がくぜん)としていた。

それも無理はない。あんなにも計画して努力して、万全を期していたにもかかわらずトラブルは起きてしまったのだ。

悲痛すぎる叫びが、俺の胸をえぐる。

（で、でも本当にどうしてだ⁉　何度見ても各班に配ったレシピの紙には問題なしで――あっ⁉）

「ホワイトボードの混ぜる時の材料のとこ……塩が書いてない……」

「え……あぁ⁉」

俺が指さしたホワイトボードに目を向け、星ノ瀬さんは悲鳴に近い声を上げた。

各班に配った紙のレシピには、ハンバーグのタネを作るときの材料として塩が含まれているが、ホワイトボードに大きく書かれたレシピにはそれがない。

ハンバーグの場合、肉汁をまとめてねばりを出すために塩は重要だ。

これが含まれていないと、焼く段階で割れたりボロボロと崩れたりしてしまうのだ。

「そ、そんな……あんなに気を付けたつもりだったのに……！」

ホワイトボードにレシピを書き出した星ノ瀬さんは、今にも泣きそうな表情で立ち尽くす。そして――

「ねえ、星ノ瀬さん。これってどうすりゃいいんだ？」

「ご、ごめん、星ノ瀬さん助けて！　なんだか変なふうになっちゃって……」

「うわ、なんだこれ？　俺のやつは失敗かよ？」

「こんなに大勢失敗するとか、もしかしてレシピ間違ってたんじゃ……？」

皆は解決策を求めて星ノ瀬さんに殺到した。

手元の紙レシピを見て作っていた生徒は無事に完成しているが、調理しながら確認しやすいホワイトボードを見て作っていた生徒が多く、クラスの三分の二を超えている。

「あ、その……えっと……」

怖れていた失敗により、星ノ瀬さんはこの上なく青ざめる。

別に皆は星ノ瀬さんに強く怒っている訳じゃないが、焦燥感は抱いている。

これは明確なテストであり、こんなにも多くの生徒が失敗してしまっては補習もありえるのだから。

だからこそ、皆はリーダーに救いを求めている。

この状況をどうにかできる解決策を。

だって、あんなに頼りになる星ノ瀬さんなんだからと。

「ひ、ひぃい！　つ、吊し上げです……！　これだから陽キャの群れは……！」

「そこまではいってねえけど、雰囲気悪くなっちまったな……どうするよこれ」

星ノ瀬さんに詰め寄るクラスメイトに葛川さんは恐れ戦き、俊郎もよくない流れに苦い顔をしていた。

「いやー、みんなちょっと待ちなって！　アタシも失敗したけど、もうしゃーないじゃん！　愛理だって神様じゃないんだからどーにもできないってば！」

小岩井さんは、星ノ瀬さんの前に立って防波堤になってくれているが、それでも皆の不満が晴れるわけじゃない。

（まずい……これ、星ノ瀬さんが一番避けたかった流れだ……）

星ノ瀬さんは今まで皆に奉仕し、多くの生徒のリーダー、ないしはアイドルという『みんなの星ノ瀬さん』というポジションを保ってきた。

それは恋活という狂騒の海から一段高いところに避難するためだったのだが、この僅(わず)かな失敗でその土台は崩れかねない。

アイドルのような特別な存在でなく、大きな失敗もする等身大の女の子という認識が強くなれば、周囲からの陰湿な悪意も熱烈な好意も増大してしまう。

誰もが天上の存在だと思っていた天使が、地に落ちて人間になってしまうのだ。

（でも……きっと、俺ならリカバリーできる）

ハンバーグが崩れただけなら、そこからアレンジすればいい。

そうするための案を、俺はすぐに思いつくことができた。

だが――

（ちょ、おい……！　なんで足が動かないんだよ！）

今から俺がすべきことは、皆から詰め寄られている星ノ瀬さんの前に立ち、このトラブルの解決策を提示することだ。

であるのに、俺の背中は冷や汗でびっしょりになり、足は鉛になってしまったかのように動かない。

その原因は、星ノ瀬さんに詰め寄っている生徒の半数以上が女子だからだ。

男子相手なら何も感じないが、俺のこの意味不明な体質はあんなにも大勢の女子の前に立ち、彼女らと相対することに恐怖している。

これまで星ノ瀬さんや他の女子と交流する機会を持ち、かなり克服できたのではないかと思っていたが――接点のない女子を大勢相手にするとこのザマだ。

自分の情けなさに死にたくなってくる。

(何やってんだ俺……！　どんだけ女子が怖いんだ⁉　いつまであの頃のことを引きずるつもりだよ！)

自分の心の弱さに、俺は極度の呆れと怒りを抱いた。

俺が同年代の女子に対して極度に緊張してしまうのは、以前星ノ瀬さんにも指摘された通り、女の子から否定されるのが怖いからだ。

けど、中学生でその症状が出始めた時は、そこまで酷くはなかった。

汗ダラダラになって上手く言葉が紡げなくはなるものの、思考が乱れて会話が不可能になるほどではなかったのだ。

だが――

『ぷっ、久我の奴、何あれ！　カチコチになって馬鹿みたい！』

『何言ってるのかわかんないし、ウザったいから恋愛授業外れてくんない？　正直邪魔なんだけど』

『あははは！　これさ、撮ってみんなに回そ！　マジウケるし！』

中学二年生当時に、クラスにカースト上位で性格が悪い女子の一団がいた。

そいつらは俺の性質を笑うだけならまだしも、動画に撮って女子たちに拡散して笑いもののネタにしたのだ。

結局そいつらは学校に所業がバレて一定の罰が下されたものの――教室で嘲笑された上に廊下を歩くたびに女子たちにクスクスと笑われたことは、俺の無意識に多大なトラウマを刻み込んだ。

恋愛に憧れており、女の子とお近づきになりたいのに女の子が怖い。

俺の矛盾するアホな体質の悪化は、その記憶の傷に大きく起因している。

（でも……もうそろそろいいだろ俺）

一歩踏み出すと決めたのなら、さらにもう一歩も踏み出せ。

自分が傷つくのが怖くて縮こまっていては、どの道恋愛なんかできはしない。

少なくとも今は――星ノ瀬さんのために動くんだ俺……！

「え、久我、君……？」

星ノ瀬さんが俺の名を呼んでいるのをどこか遠くに感じながら、俺は彼女の前に壁となって立ちはだかった。

それは、ほぼクラスメイト全員と相対することを意味する。

「おい、なんだよ久我。俺たちは今、星ノ瀬さんと話してるんだよ」

「ちょ、久我君！　邪魔なんだけど！」

「星ノ瀬さんの前からどいてってば！　もうテスト時間あんまりないんだよ！」

クラスメイトの皆と星ノ瀬さんを分断するように現れた俺に、皆は訝しげな顔で引っ込めと言う。

正直、男子の存在はまったく気にならないが、大勢の女子からの不快感がこもった視線は俺の全身をこの上なくカチコチに硬直させていく。

トラウマに似た光景を前に、冷や汗はさっきから滝のように流れているし、胃腸はズキズキと激しい痛みを訴えている。たったこれだけのことでこうまで全身が悲鳴を上げてしまう自分が、もはや滑稽すぎて笑えてくる。

だけど——それはこの場から退く理由にはならない。

俺が最も尊敬している女の子が窮地に陥っていて、今俺にはできることがあるのであれば、立ち向かわないといけない。

どれだけ男女平等の時代になろうと——ここで動けない男は、やっぱりカッコ悪いなと俺自身が思うから。

「悪い！　みんな！」

俺は剣呑（けんのん）な雰囲気になっている皆に対して、まず深く頭を下げた。

「実はみんなが失敗したのって、俺のミスなんだ！　ホワイトボードの材料のとこに塩を書くのを忘れた！　あれがないとハンバーグって崩れやすいらしい！」

「ちょ、久我君⁉」

星ノ瀬さんが慌てたような声を出すが、これは絶対に必要なことだ。

俺が悪いということにしないと、星ノ瀬さんの威厳は保たれない。

「な……やらかしたのお前かよ！　何してくれてんだ久我！」

「もう、勘弁してよね！　これテストなんだよ⁉」

そして予想通り、非難が俺に集中する。

恋愛ランキング一位のSランクの星ノ瀬さんを責めるのは気が引けても、Fランクの俺なら安心して責められるからだ。

けど、それでいい。

お前らが今注目すべきは、星ノ瀬さんじゃなくて俺だ。

「という訳で、俺が責任持って失敗をリカバリーする案を説明させてもらう！」

「へ？」

「はぁ？」

俺の宣言に、今度は皆に困惑の空気が広がった。

　一体こいつは何を言っているのかと、訝しげな視線が俺に集中する。

「ふーん、アタシも見事にハンバーグがボロボロなんだけど、久我ってばこれをどうにかできる考えがあるの？」

　そこで、俺と同じく星ノ瀬さんを庇って立っていた小岩井さんが、ニンマリとした顔で言葉を挟んだ。

「ああ、ある。別に大層な案じゃないけど、そのグチャッとなったハンバーグを提出するより確実に点数は高くなると思う」

「へー！　すっごいじゃんそれ！　うん、教えて教えて！」

　小岩井さんのそれが、俺への援護なのは明白だった。

　恋愛ランキングAランクの小岩井さんが言うのであれば、皆も俺の話を聞かざるを得ない空気になる。

　小岩井さんってギャルっぽい見た目からちょっと苦手意識があったけど……やっぱりいい人だな。恋愛授業を経て彼女と繋がりを得ておいて、本当によかったと思う。

「じゃあ、ささっと実演するぞ。……葛川さん。悪いけどこの崩れたハンバーグを使わせてもらうな」

「ええ、それはいいですけど……久我君、汗の量がヤバくないですか？　シャツの背中とかもうびっしょりですけど」

「実はまあヤバい。けど、今はちょっと気にしていられない」

「……奇特な人ですね。多分、私と似た感じなのにそこまでするなんて」

メガネ少女は自分も同じような気質を持つからこそ今の俺の状態を見抜いたようで、呆れとも感心ともつかない苦笑を浮かべていた。

うんまあ、これも奇特なSランク少女の教育の結果だよ。

（さて……）

俺はフライパンを手に取り、料理のリカバリー案を実演開始する。

「今回のテーマは挽肉料理だからハンバーグしかダメって訳じゃない。つまり、この崩れたハンバーグを別の料理にしてやれば問題ないんだよ」

まずはソース。トマトケチャップ、ウスターソースなどのハンバーグソースを流用して調合。ボロボロに崩れたハンバーグをさらに潰してそぼろ状にし、ソースと絡める。

そんでもって、サラダの中身を皿からまな板の上に戻して、レタスを細切り、ミニトマトは半分に切る。

（はは……みんな困惑してるな。まあ、Fランクの奴がいきなりしゃしゃり出てきて問題解決に乗り出したんだから、無理もないか）

おそらく、このリカバリー案自体はさほど問題ない。

まったく難しくなくスピーディにできるし、皆に受け入れられるという自信はある。

ただ、問題なのは俺のメンタルだった。

現在俺はクラス全員の女子から訝しげな目で注目されており、中にはテスト中にふざけていると思われているのか、非難するような視線もある。

――その全てが、俺の中学時代のトラウマを想起させる。

性格の悪い女子たちに嘲笑された記憶が、ナイフとなって俺の精神を抉る。

この時間の一秒一秒が胃腸を締め上げて、汗が滝のように流れてくる。

気を抜けば震えが止まらなくなりそうだし、無様にも喉元まで吐き気がこみ上げてきている始末である。

けど、それでも――

表面上は平静を装いながら、俺は手を止めなかった。

歯を食いしばって精神力を絞り出して、ただやるべきことをやっていく。

全てはカッコ良くなりたい自分と、星ノ瀬さんのために。

「よし、できたぞ。崩れたハンバーグで作ったタコライスだ」

俺はごく短時間で作ったリカバリー料理を、皆に見えるように置いた。

サラダから流用したレタスの細切りとトマトをライスの上に敷き、崩したハンバーグをタコライスソースで炒めたものを載せただけのシンプル料理。

材料は全部手元に揃っている上に、簡単・迅速にできて、レタスとトマトのコントラストでなかなか見栄えもいい。

「え、普通に美味そう……」

「嘘……本当に崩れたハンバーグで別の料理作っちゃった……」

「なんか久我君、包丁の動きがキモいくらいに速くなかった？」

クラスの皆は、本当に俺がリカバリー料理を提示できるとは思っていなかったのか、目を白黒させて困惑した表情を浮かべている。

いや、いつまでも驚いてばかりいないでくれよ。

もう時間あんまりないんだぞ？

「んーうめぇ！　やるじゃんか錬士！」

「味見すんなよ俊郎!?　葛川さんの分だぞこれ!?」

「いや、お前の作った料理なんてちょっと半信半疑でさあ。ま、でもこれならすぐに作れるしイケるな！　早速俺もそっちに作り変えるぜ！」

俊郎は俺がそれなりに料理ができることを知っている。

なのにこんなやりとりをしてみせたのは、俺のリカバリー料理が味の面でも問題ないことを皆に示すためだろう。

……というかお前、なんでそれができるのにモテないんだ？

「見てましたけど、ソースの分量ってこれでいいんですよね？」

「え？　あ、ああ。それで間違ってないよ」

ふと声がした方向を振り返ると、葛川さんがノートの切れ端にタコライスソースの分量を書いたメモを見せてきた。

「じゃあ、みんなに見えるようホワイトボードに書いてきます。私の分は久我君が作ってくれましたし、そのくらいは働きますよ」

言って、葛川さんは何を考えているのか読み難い表情のままホワイトボードの方へ歩いていった。

地味なことだが、とてもありがたい。

「あ、あの……久我君……」

と、そこでことの成り行きを見守っていた星ノ瀬さんが、おずおずと俺に声をかけてきた。

「私……すっごい迷惑を……」

何か言おうとしているようだが、どうにも感情が乱れて言葉が上手く紡げない様子だった。自分が迎えつつあったピンチと、それを解決すべく介入してきた俺の行為に、まだ気持ちが追いついてないんだろう。

そして、俺もそんな彼女に何と声をかけるべきか悩み――

「いやー！　本当にバシっと案を出すとかマジやるじゃん久我！　アタシでもできそうなくらいに簡単っぽいし、何気に写真映えするやつなのもポイント高いっしょ！」

突然背中をバシバシと叩かれたので、小岩井さんだろうなと思ったらやっぱり小岩井さんだった。

割と本気で感心してくれているらしく、声のトーンがいつもより高い。

「ほら、愛理！　ボサっとしてないで指示出しなって！　久我の頑張りを無駄にするのはダサいっしょ！」

「………っ」

小岩井さんに肩を叩かれて、星ノ瀬さんはハッとした表情を見せる。

そうして気持ちを入れ替えたのか、すぐさま皆へと口を開いた。

「え、ええと、ハンバーグ崩れちゃった人は、今の久我君の案の通りタコライスに作り直して！　もう時間がないから急いでね！」

その星ノ瀬さんの指示により、未だ呆然となっていたクラスメイトは各班に散り、急いで自分のハンバーグのリカバリーに取りかかり始めた。

そしてようやく自分の仕事を終えた俺は——緊張の糸が切れてその場に崩れ落ちた。

「大丈夫かお前……ほとんど倒れながら座り込んだからマジビビったぞ」

「ああいや、もう大丈夫だ。あの後、みんなに残りの配膳やら何やらを全部やらせちゃってすまん」

実技テスト終了後の昼休み。

テストで作った献立は自動的にそのクラスの昼食となるため、俺たちは家庭学室で各班ごとのランチタイムに入っていた。

なお、今俊郎に語った通り、あの後俺は燃え尽きたように動けなくなりずっと座りっぱなしだったのだ。

なので、今テーブルに広がっている昼食——俺と星ノ瀬さんはハンバーグ定食で他三人はタコライス定食——を配膳してくれたのは俊郎たちである。

「いっやー！　久我マジお手柄じゃん！　テストは文句なしに合格評価で、センセーからも大絶賛だったし！　今月のＭＶＰっしょこれ！」

タコライスを口に運びながら、小岩井さんが上機嫌で俺を賞賛してくれた。

そう言われると面映ゆいが、とりあえずテストを乗り切れたことに心からホッとする。

提出しておいた献立でない料理を作ったことについては、どう評価されるかは一抹の不安があったのだが——芝崎先生はむしろそれをプラスに評価してくれた。

『料理に失敗はつきものよ！　そこをどう上手く工夫して食べられるようにするかはとっても重要で、時間内にそこをなんとかした貴方(あなた)たちは素晴らしいわ！』

……とまあ、そんな感じの講評を受け、ウチのクラスメイトは全員歓声を上げ、波乱の調理実技テストは無事終了したのだ。

「まあ、割と凄(すご)い働きだったと思いますよ。……すっごく辛かったでしょうに、よくあそこまでやれましたね」

「はは、まあいっぱいいっぱいだったけどな……」

すこぶる美味くできたハンバーグを口に運びつつ、俺は未だ汗が乾いていないシャツの重さを感じながら笑う。

　実を言えば持病が限界でちょっと意識が飛びかけていたのだが、なんとか椅子に座るくらいの気力が残っていてよかった。床に倒れたら大騒ぎだったろうしな。

（……他のクラスメイトたちもテストをクリアして楽しそうにランチしてるな。あー、本当に良かった）

　大勢の女子たちの前で調理の実技をするだけであれだけ神経をすり減らしたのに、もし俺の案が上手くいかなくてクラスの空気がギスギスしてしまったら、俺のメンタルは罪悪感でいよいよお亡くなりになっていただろう。

（ん……？）

　労働の後のメシの美味さを噛みしめていると、同じテーブルに座る星ノ瀬さんがさっきから全然喋っていないことに気付いた。

　彼女のハンバーグランチは確実に減ってはいるものの、顔は伏せられていてその表情を窺い知ることはできない。

（まあ、みんなに詰め寄られた後だもんな。そりゃ疲れてるだろう）

　そう考えて、俺はしばしば星ノ瀬さんに話しかけることなく、目の前のハンバーグランチに専念した。

　そして――

「……ごちそうさま」

他の女子二人が食べ終えるよりかなり早く、星ノ瀬さんは手を合わせた。

ん？　なんか、ずいぶん早いな？

「……久我君、もう食べ終わった？」

「え？　ああうん、たった今……」

伏せた顔を上げ、俺を真っ直ぐに見つめる星ノ瀬さんの表情は、何故かやたらと鋭かった。他のなにものも視界に入れず、ただ俺だけを見ている。

「そう、じゃあ――昼休み中に悪いけど、ちょっと先生に言われた仕事があるから、手伝ってくれない？」


「え……ここって……」

「……入って」

いつもの朗らかな雰囲気が失せている星ノ瀬さんに案内されたのは、俺たちがいつも恋愛レッスンで使う資料室だった。

俺は怪訝（けげん）な顔になりながらも、星ノ瀬さんに促されるままに室内へ入る。

そこにはいつも通り、俺たちが使っている椅子と机、棚に詰まっているいろんな教科の資料だけがある。

（もしかして……先生から何か頼まれたってのは嘘か？　でも何のために――）

「どうして……あんなことしたの？」

「え――」

思わず呆(ほう)けた声を出してしまったが、星ノ瀬さんが言う『あんなこと』が何であるかはすぐにわかった。

「失敗したのは私なのに自分が身代わりになって……！　下手すればクラス中から責められていたのよ⁉」

星ノ瀬さんの感情は、今までに見たことがないほどに乱れていた。

声にもまるで余裕がなく、衝動のままに言葉を吐き出している様子だった。

「それに、久我君って例の緊張症がすっごい出てたじゃない！　あんなふうに大勢の女子からキツく睨(にら)まれて、今にも潰(つぶ)れそうになって……！　呼吸がヤバい感じで荒くなっていたの自分で気付いてた⁉」

なるほど、事情を知ってる星ノ瀬さんから見ると、あの時の俺は緊張しすぎで挙動がかなり怪しくなっていたらしい。

本当に、なかなかカッコ良くはいかないな。

「どうして……そこまで……」

星ノ瀬さんの瞳(ひとみ)には、いつの間にか涙が溜(た)まっていた。

おそらく、自分が発端となって俺に負担をかけたと苦しんでいるのだろう。

彼女は、相手のことを考えられる人だから。

「……なあ、星ノ瀬さん。俺ってさ、『恋愛できる自分』になりたいって言ったよな」

「え……？」

俺が突然語り始めた内容に、星ノ瀬さんは目を丸くした。

まあ、何のことかと思うかもしれないけど、ひとまず聞いてくれよ。

「けどあれって、女の子とのコミュニケーション能力を磨いて、誰でもいいから彼女をゲットできる自分……って意味じゃないんだ。俺が理想としている恋愛を叶えるために、必要な恋愛力を身につけた自分だ」

恋活を始めるにはまずFランクを脱却しないといけないし、もちろん女子とのコミュ力を磨くのも重要だ。

だがそれらも俺が望む自分になるための過程であって、目的じゃない。

「口に出すのも恥ずかしいけど、どうやら俺って古めかしい少女漫画みたいな恋愛価値観をしていて、交際をしたいっていうより人を熱烈に好きになって、その人にも俺のことを好きになって欲しいらしい」

この大恋活時代における高校生の恋愛攻略法とは、まずコミュ力を磨いて恋愛ランキングを上げて、その上で交際申請を根気よく送ることだ。

俺は別にその現代の恋活フローを否定しないし、大いに結構だと思う。

けど、交際のみを目的として付き合える可能性が高い相手だけを探す——ということはしたくない。

「だから俺は、コミュ力やら身だしなみやら以上に、中身をカッコ良くしたい。少しずつでも、昨日よりマシな自分になりたい」

本当に小っ恥ずかしい決意表明だが、恋愛の先生たる星ノ瀬さんに聞いて欲しかった。何せこれは、彼女と交流していて生まれた想いなのだから。

「だから、さっき星ノ瀬さんが詰め寄られていた時は、じっとしてられなかった」

いつの間にか、俺の中には男としてダサい行動を嫌悪する機能が芽生えたらしく、あの時は強い衝動に突き動かされていた。

「星ノ瀬さんは……俺の恩人で、先生で、凄く大事な友達だ。俺が出会ってきた女の子の中でダントツで魅力的で、尊敬できる相手なんだ」

「ふうぇっ⁉ ま、真顔で何言ってるのぉ⁉」

俺の中にある星ノ瀬さんを表す言葉を全部言うと、Sランク少女は不意を突かれたように顔を赤くして狼狽(ろうばい)した。

「そんな女の子が泣きそうになっている時にただ黙っているのは……どうしようもなくカッコ悪くて、自分を許せそうになかった。俺があの時ビビりながらも動けたのは、そういう理由だよ」

「久我……君……」

語り終えた俺を、星ノ瀬さんは呆然とした面持ちで見ていた。

我ながら益体もないことを長々と……とは思ったが、星ノ瀬さんにああまで真剣に聞かれたら、何もかも赤裸々に言うしかなかったのだ。

「もう、本当に……ド真面目で、真っ直ぐすぎるんだから……」

星ノ瀬さんは、可笑しさがこらえきれないという様子で笑みを零し、感極まったように言葉を紡ぐ。

「……ありがとう。久我君」

狭い資料室の中で、星ノ瀬さんは一歩俺へと歩み出る。

昂ぶっていた感情がそうさせたのか、その瞳にはさらに涙が滲んでいた。

「みんなに詰め寄られた時、君が助けてくれて……本当に嬉しかった」

瞳に潤いの滴を溜めたまま、星ノ瀬さんは感謝の言葉を紡ぐ。

それが心からの想いだとわかるからこそ、俺の胸へと深く染み入る。

「うん、保証するわ。久我君はすぐに理想通りの恋愛ができるようになる」

いつも通りの朗らかな調子を取り戻した星ノ瀬さんは、まっすぐに俺を見つめたまま、祝福するかのようにそう口にする。

「こんなにも優しくて一生懸命で……誰かのために動けるカッコ良さがあるんだから」

そう言って、星ノ瀬さんは晴れ晴れとした笑顔を見せた。

それは一点の曇りなく、ただただ輝かしい大輪の花のような笑み。

誰であろうと恋を咲かせてしまう——まさしく天使の微笑みだった。

エピローグ

いつか君に――

Epilog

「さて、じゃあいよいよね。久我君、覚悟はいい？」

「お、おう……じゃあ、見てみるぞ」

あの調理実技テストから一週間後――俺と星ノ瀬さんは放課後の資料室で、お互いのスマホに視線を落とした。

起動するのはコイカツアプリ。

見るべきは、他ならぬ俺のプロフィールだ。

「お、おおおおおおおぉぉぉ!?」

おっかなびっくりとした気持ちで眺めたその画面には、俺にとっての革命が起こっていた。

【二年四組　久我錬士】

【恋愛ランキング　二七三位（男子：四一四人中）　Eランク】

「や、やった……！　FランクからEランクに昇格だ……！　いやっほおおおお！」

「おめでとう久我君！　いや、本当に凄いわよこれ！」

俺の急上昇と言える結果を見て、星ノ瀬さんも驚きながら賞賛してくれた。

ああもう、本当に嬉しい……！

「いやー、恋愛実習での努力ももちろんだけど、やっぱりあの調理実技テストの一件が効いたわね！　見事にリカバリー料理を作ってみせた久我君に、クラスの女子からたくさんのいいねポイントが来たし！」

「ああ。まさかあの時のあれがそう作用するなんて思ってなかったから、いきなり大量のポイントが来た時はびっくりしたなぁ……」

おかげで、とうとうFランク脱出である。

順位的に言っても三七一位→二七三位と大躍進だ。

言うまでもなく人生初のことであり、快挙というべきだろう。

「しかし順位が一気に百位ほど上がるなんて、かなり珍しいわねこれ。もしかしたら、ちょっと噂になるかも」

「はは、まあそれでも特に珍しくもないEランクだけどな」

などと言いつつ、俺はかなりルンルンなテンションだった。

星ノ瀬さんの恋愛レッスンを受けて地道にやってきた一ヶ月……自分でも成果が出るのが早くて驚いているが、とにかく嬉しい。

恋愛ランキングの存在には中学から散々苦汁をなめさせられ続けてきたが、それでも女子たちが俺の行動を見て評価してくれた結果には、ただ感謝するしかない。

「その……ところで久我君……」

「？　どうしたんだ？」

妙なことに、星ノ瀬さんは何やら言いにくいことを抱えているかのようにモジモジと落ち着かない様子を見せていた。

「その、ね。私は自分を守るためのポジションをこれからも守るつもりだけど……以前に久我君が言ったことも一理あると思うの。あんまり気を張りすぎるとよくないってやつ」

「ああ、うん。言ったな」

「その、だから……今後は私の事情を知っている久我君をもっと頼りにさせて欲しいの。私が気を抜きたい時に、話し相手になってくれるだけでいいんだけど」

まるで子どもが親に何かをねだるように、星ノ瀬さんはおずおずとそのお願いを口にする。

そのいじらしい顔がすこぶる可愛くて返事は数秒遅れてしまったが……俺の答えなんて決まっている。

「あ、ああ。俺なんかでよければもちろん」

「本当⁉　ありがとう久我君！」

そう言って無邪気に笑う星ノ瀬さんは、あまりに可愛かった。

以前よりも何か荷物を下ろしたというか……少し自然体になったりするが、それが彼女本来の魅力をさらに発揮させているように思える。

（本当に……素敵な人だよな星ノ瀬さんは。その魅力のせいで恋愛ランキング一位に縛られているのはちょっと皮肉だけど……）

もしかしたら、星ノ瀬さんは恋愛ランキングで自分が一位になり続けているのは、単に人並み外れて優れた容姿だけが評価されていると思っているのかもしれない。

もちろんその部分も大きいとは思うけど……その朗らかで優しい性格があってこその一位なのだと思う。

過去には辛いこともあったのに明るくて、人の本質を見ることができて、他人を気遣って優しくできる。

そして――笑顔がとても可愛い。

恋愛ランキングはいいねポイントが強く影響する他、成績、素行、他人からの評価などからコイカツアプリＡＩが判断して順位をつけているらしいが……機械の目で見ても星ノ瀬さんはダントツで魅力的ということなのだろう。

「ねえねえ、久我君！　今日はちょっとお祝いしましょう！　恋愛の先生としては、教え子の大活躍に何かしてあげたいわ！」

（ああ――）

俺の目の前で星ノ瀬さんの笑顔が咲き誇る。

それを眺めているだけで、心に活力が湧いてくる。

心臓が騒がしくなり、全身が陶酔するような感覚に陥る。

自分の中に咲いた恋を——俺は静かに認めた。

認めざるを、得なかった。

（そうか俺……もう見つけたんだな）

俺は恋愛がしたい。それも、ラブコメ漫画のように想い想われる恋愛がしたい。

だからこそ、まずはその資格と恋愛力を身につけるために自分を鍛え始めた。

心から恋する相手がいないままに、いつ出会ってもいいように身も心もＦランクだった自分を脱却すべく頑張ったのだ。

だけど、もう俺は見つけてしまったのだ。

胸の内に芽吹いていた小さな蕾（つぼみ）は、今はもう無視することができないくらいに大きくなっているのだから。

（まったく……俊郎（としろう）にお前は大物を狙いすぎとか言っておいてさ）

星ノ瀬さんから恋愛レッスンを受けている身だが、教えられたのは恋愛作法だけじゃなくて、彼女の溢（あふ）れる魅力もだ。

恋を怖がっている少女に、俺は恋を教えられた。

（星ノ瀬さん。俺は頑張ってみるよ。君が教えてくれる恋愛レッスンを身につけて、もっと魅力的になってみせる）

恋を怖がる星ノ瀬さんに想いを届けるのは、容易じゃないだろう。

けど、俺には他ならぬ星ノ瀬さんという誰よりも心強い味方がいる。

『恋咲きの天使』を射止めるために、他ならぬ星ノ瀬さんに今後も修行をつけてもらうのだ。

だから、待っていてくれ。

俺はもっとカッコ良くなって、もっともっと君に相応(ふさわ)しい男になってみせる。

いつか君に——俺の恋心を届かせてみせるから。

あとがき

作者の慶野(けいの)です。

このたびは『恋愛ランキング』一巻をお買い上げ頂きありがとうございます！

前作『陰キャだった俺の青春リベンジ』をご愛読頂いた読者の皆様はお久しぶり……と言いたいところなのですが、陰リベ最終巻である七巻もこの新作と同時発売なのですよね。

まだ買っていない方はすぐに買いましょう（直球）。

さて、この『恋愛ランキング』の世界観を簡単に説明しますと、大人はもちろん十代の子どもにすらマッチングアプリが渡されており、国や教師が『いいから恋愛しろ！』と圧力をかけてくる大恋活時代の物語です。

それだけならまだしも、個人の恋愛的な魅力を偏差値のように測定し、それにS～Fのランクまで付けています。

いやぁ、地獄みたいな世界ですね。

なお、担当編集様には「エロ漫画みたいな設定ですね！」と身も蓋(ふた)もないお言葉を頂きました。

ちなみに作中に出てくる恋愛授業は完全なるフィクションではなく、一部の国の大学等で実際に行われているそうです。

ラブレターの書き方や異性への声のかけ方などを学ぶそうで、中々の人気のようです。

まあ、恋愛ってやり方がわからない上に面倒ですもんね。

よほどモテる人じゃない限り入門のハードルが高いので、そういう授業が人気になるのもわかります。

この作品の主人公である久我錬士(くがれんじ)も、「こんなに辛いのなら、もう俺は恋なんてしない！」という考えに陥りかけていましたが、そんな錬士がヒロインである愛理(あいり)の教えを受け、持ち前のド真面目さを武器に恋愛を貪欲(どんよく)に学び、恋愛ランキングを駆け上る、というのが本作のコンセプトになっています。

その辺は、陰リベの主人公だった新浜心一郎(にいはましんいちろう)とやや属性を共有していますね。つまるところ、超頑張る系の主人公です。

恋愛が苦手だけど努力家の錬士と、誰からも恋心を抱かれるが恋人を作らない愛理。

この二人の物語を、どうか見守ってやってください。


さて、同時発売の陰リベ七巻のあとがきも書いていて労力二倍ですので、そろそろ謝辞に入らせて頂きます。

スニーカー文庫担当編集の兄部様。

前作に引き続き今作でもよろしくお願いします。私のプライベートの事情で仕事がとても遅くなってしまい、大変申し訳ありません。

イラストレーターの雪丸ぬん様。

美麗なイラストをありがとうございました。愛理については作者がろくに容姿の設定を決めていなかったにも関わらず、あんなにも可愛く仕上げて頂き大変ありがとうございました。

そして、カクヨムネクストでこの作品を読んで頂いた方及び、この単行本でこの作品に出会って頂いた皆様に深く感謝を申し上げます。


では、次は二巻でお会いしましょう。

まあ、二巻が出るかはわかんないですけどね！

恋愛ランキング

著　慶野由志

角川スニーカー文庫　24477
2025年２月１日　初版発行

発行者　山下直久
発　行　株式会社KADOKAWA
〒102-8177 東京都千代田区富士見2-13-3
電話　0570-002-301（ナビダイヤル）

印刷所　株式会社暁印刷
製本所　本間製本株式会社

Printed in Japan　ISBN 978-4-04-115738-1　C0193

★ご意見、ご感想をお送りください★
〒102-8177 東京都千代田区富士見 2-13-3
株式会社KADOKAWA　角川スニーカー文庫編集部気付
「慶野由志」先生「雪丸ぬん」先生